La guerre au bout du couloir

Du même auteur (sélection non exhaustive, intégralité à retrouver sur www.christophe-leon.fr) :

Littérature Jeunesse:
Longtemps, L'école des loisirs, coll. « Neuf », 2006
Pas demain la veille, éditions Thierry Magnier, 2007
La guerre au bout du couloir, Thierry Magnier, 2008
Silence, on irradie, éd. Thierry Magnier, 2009
Granpa', éd. Thierry Magnier, 2010
Délit de fuite, La Joie de Lire, coll. Encrage, 2011
Le goût de la tomate, éd. Thierry Magnier, coll. Petite Poche, 2011
La balade de Jordan et Lucie, éd. L'école des loisirs, coll. Medium, 2012
Mon père n'est pas un héros, éd Oskar, coll. Court Métrage, 2013
X-RAY la Crise, éd. La joie de lire, coll. Encrage, 2014
Embardée, éd. La joie de lire, coll. Encrage, 2015
Les mangues resteront vertes, éditions Talents Hauts, coll. Les Héroïques, 2016
Et j'irai loin, bien loin , éd. Thierry Magnier, coll. Grand Roman, 2017
La vie commence aujourd'hui, éd. La joie de lire, coll. Encrage, 2018
L'Île, Oskar éditeur, coll. Suspense, 2019
Black Friday, éd Le Muscadier, coll. Rester Vivant, 2020
Les dernières reines, (co-auteur Patricia Vigier), éd. Le Muscadier, coll. Rester Vivant, 2021
Baba !, éd. La joie de lire, coll. Encrage, 2021
Missié, éd. D'Eux, coll. Hors collection, (illustrations Barroux), 2022
Tag, éd. Le Muscadier, coll. Rester Vivant, 2023
#StopAsiaHate, (co-auteur Patricia Vigier) éd. Le Muscadier, coll. Rester Vivant, 2024
L'affaire Ryan Lacombe, collection Polar, éd. Oskar, 2024
Pas de climat, pas de chocolat, éd. BoD, 2014
Rosemary Kennedy, l'effacée, collection La vie, éd. Oskar, 2024

Littérature Générale :
Tu t'appelles Amandine Keddha, Le Rouergue, coll. « La brune », 2002
Palavas la Blanche, Le Rouergue, coll. « La brune », 2004
Journal d'un étudiant japonais à Paris, éd. du Serpent à plumes, 2007
Beaux-arts, col, Fulgurances, éd. du Somnambule équivoque, 2008
Noces d'airain, éd Arhsens, 2008
ZAD, (co-auteur Julie Jézéquel) éd. JDH, coll. Nouvelles pages, 2021
FRANS 68, éd. Ramsay, coll. Littérature Roman, 2021
L'insurrection impériale, éd. Le Muscadier, coll. Le Muscadier Noir, 2023
Imago, éd. Ramsay, coll. Littérature Roman, 2023

Adaptation audiovisuelle :
Délit de fuite, adaptation télévisuelle du roman éponyme pour France 2

CHRISTOPHE LÉON

La guerre au bout du couloir

1

Ils m'ont crié :

— File !

Alors j'ai filé. J'ai couru longtemps, sans me retourner. Alain s'est pelotonné dans la poussette. Il s'est endormi.

Mes avant-bras sont douloureux. Je m'arrête. Je reprends mon souffle. Je fais quelques moulinets pour activer la circulation du sang.

Dans la rue, personne. Trop de voitures sont garées le long des trottoirs à cette heure de la matinée.

Soudain, Alain crie. Il va attirer l'attention sur nous. Je suis inquiet.

Dans le caniveau, je repère un caillou de la forme et de la grosseur d'un œuf de pigeon. Je le ramasse. Il est lisse. Je crache dessus. Le nettoie sur la jambe droite de mon pantalon court. Il brille.

Alain braille maintenant à s'en faire friser les gencives. Sa figure est violette. Une grosse veine bleue traverse son front. Les larmes ne trouvent pas la sortie. Alain pleure à sec.

Je lui carre le caillou dans la bouche. Il le saisit d'une main. Il le suce avidement. Ça le calme.

Nous repartons — lui dans la poussette et moi arc-bouté sur les poignées recourbées.

*

Le mois de juin 1962 avait été chaud dans toute l'Algérie — très chaud.

Maman faisait couler l'eau dans l'évier. Avec une serpillière, elle en badigeonnait le carrelage de la cuisine. Ça brillait cinq minutes, puis ça s'assombrissait avant de s'évaporer en quelques secondes.

— Momo, va me chercher une glace. Tu veux bien ?

Maman me confiait une poignée de piécettes. Je les serrais fort dans la paume de la main. Je les comptais mentalement. J'estimais leur valeur.

Je galopais en quatrième vitesse chez le limonadier du coin de la rue, chez qui j'arrivais en sueur.

— Deux boules de citron glacé, s'il vous plaît.

Je demandais à l'Arabe, un bonhomme cartilagineux comme un scorpion de mer. Une grosse verrue sur le bout de son nez était semée d'un long poil en forme de cimeterre.

L'homme ouvrait la glacière. De la buée s'en échappait. Il y plongeait une main. La ressortait, armée d'une sorte de truelle concave au creux de laquelle une boule de citron adhérait.

De sa main libre, il saisissait un cornet-biscuit. Il y laissait choir la boule. La tassait puis la lissait avec le dos de l'instrument.

Pour finir, l'indigène enfilait le cornet dans un présentoir devant lui, juste au-dessus de mon nez, histoire de me faire saliver.

Il renouvelait l'opération. Mais cette fois, après une hésitation théâtrale et un clin d'œil appuyé à mon intention, il rajoutait une demi-boule dans le second cornet.

Je posais l'argent sur le comptoir. Il me tendait alors les deux glaces dont je m'emparais avec précaution.

Au balcon de son visage chevalin, un sourire à décrocher la lune pendulait sous son nez.

Je rentrais à la maison. Des larmichettes de glace fondue gouttaient sur le dos de ma main.

Je n'osais pas les lécher de peur d'une catastrophe.

— Tu en as mis un temps…

Disait maman. Elle s'épongeait le front et les aisselles. Elle utilisait un mouchoir brodé aux initiales de mon arrière-grand-mère, morte avant ma naissance.

Elle jaugeait les deux boules de citron glacé dans leur cornet. Des miettes de zeste d'un jaune acide les piquetaient en surface.

Je les tenais bien droites devant moi, les bras raides. Maman faisait mine de prendre la plus grosse glace, puis se ravisait.

— Je crois que celle-ci est pour moi.

Toujours la même comédie, elle choisissait le cornet moins rempli. Jamais je n'ai pensé à la remercier. C'était un dû — du moins, étais-je certain que cela en était un.

*

En contrebas de l'avenue, j'aperçois le port. Au-delà, le miroir éblouissant de la mer, ses reflets électriques sont une invitation à venir y piquer une tête.

Alain dort. Ce n'est pas si mal. Il est calme. Il ne risque pas de me poser de problèmes, là, tel qu'il roupille. La pierre humide de salive est tombée sur ses genoux.

Ce n'est pas toujours facile d'avoir un petit frère. Il faut s'en occuper. Et justement, les parents, eux, s'en occupent — beaucoup trop.

Je prends sur la droite, dans la rue des Tirailleurs. Le port disparaît, caché derrière les immeubles. Plus loin, je remonte la rue des Fédérés. Au bout se trouve la maison de ma tante.

Dès le 1ᵉʳ juillet, nous sommes convenus mes parents et moi, qu'en cas de coup dur, je me réfugierais chez la sœur de mon père, Rosine.

Tante Rosine est célibataire. Elle ne s'est jamais mariée. Elle assure que les hommes ne sont pas faits pour elle.

En vérité, Rosine préfère l'église aux hommes.

Elle y va tous les jours — souvent deux fois par jour. Maman dit que c'est une bigote. Tante Rosine et elle ne s'entendent pas.

Maman est plutôt du style robe d'été bariolée à grosses fleurs, du genre pivoine dodue.

Ma tante, elle, opte plus simplement pour une chasuble demi-deuil sur une robe sac couleur noire de charbon. Le triangle au carré d'un foulard perché sur sa tête et arrimé par un nœud, verrouillé sous le menton, lui donne un petit côté *œuf de Pâques*.

Elle ne rit que si on la pince, Rosine. Et je ne vois pas qui se risquerait à la pincer.

Alain se réveille. Il ouvre de grands yeux noirs sur le monde qui l'entoure. Son visage change d'expression. Il grimace. Sa bouche aspire une goulée d'air. Ses poumons ne semblent pas pouvoir l'absorber et il s'étouffe.

À l'inverse, son ventre s'arrondit dangereusement.

Un moment, je crois qu'il va exploser. Mais non, un gargouillis se fait entendre. Un roulement de tambour suivi d'un bruit de crevaison, à la façon d'un pneu qui aurait un clou dans sa peau de caoutchouc.

J'accélère l'allure. Il faut arriver sans délai chez tante Rosine.

La rue est curieusement déserte. Elle ne charrie pas son lot habituel de passants, ni les comètes de ces gens affairés qui courent vers on ne sait où. Les rideaux métalliques des magasins sont baissés.

Nous y sommes.

La maison de Rosine s'élève sur un étage. Les volets du premier sont fermés. Je sonne à la porte.

J'attends.

*

Papa aime la mer. Il dit que la mer a la couleur de la vie — et le parfum de l'amour.

C'est un peu obscur pour moi ces choses-là. Mais pour maman, ça agit comme un détonateur. Elle entoure le cou de papa de ses bras fins et elle l'embrasse.

Les dimanches, avant la naissance d'Alain, nous filions au cabanon sur la côte.

Nous partions tôt le matin. On s'entassait — nous et nos cannes à pêche, nos fouines, nos râteaux, nos matelas et nos chaises pliantes — dans la minuscule voiture de papa.

On roulait une demi-heure. Nous croisions quantité de familles qui comme nous se rendaient en procession à la mer. On finissait par tous se connaître.

Sur la plage, chacun disposait à sa guise d'un petit cabanon dont il était l'heureux propriétaire. Souvent construit avec des voliges en bois déclassé, mal jointées et délavées par les embruns, il fallait le rafistoler vite-fait mal-fait.

On s'installait en milieu de matinée. On saluait nos voisins les Rémy et les Bastien. On chahutait gentiment ou bien on dégoisait sur les nouveaux, ceux qui venaient de s'installer près des Gracia.

Sur cette plage il n'y avait pas d'indigène. Mais, un peu plus loin, du côté des rochers, là où il fallait faire attention à l'endroit où on posait ses fesses sous peine de s'écorcher le derrière, les Arabes occupaient l'espace.

— Je t'interdis d'y aller.

Me prévenait papa dès que nous arrivions.

— Je sais, papa…

— Il ne suffit de savoir, Momo, il faut que tu ne le fasses pas, c'est tout.

Disait mon père d'un air sévère.

J'appliquais la consigne à la lettre. Jamais je ne suis allé voir ce qui se tramait là-bas, sur les rochers.

La journée se passait à pêcher, à ramasser des coquillages et à déjeuner le midi.

Nos voisins nous rejoignaient pour le pique-nique. Un grand barbecue était installé dans le sable que les adultes avaient creusé à la main. On y jetait du bois flotté. On allumait le feu en l'entretenant avec d'autres morceaux de bois sec que nous, les enfants, étions chargés de glaner çà et là sur le rivage.

Les pères s'occupaient de la combustion — et aussi de boire l'apéritif. La chaleur donnait soif.

Les mères préparaient les poissons et les oursins. Ces derniers, elles les décapsulaient à l'aide d'une fourchette plantée dans leur carapace hérissée d'aiguilles articulées.

L'odeur de grillé se mêlait à celle de l'iode. Les clins d'œil rougeoyants des braises sitôt éteintes voletaient dans l'air.

Le déjeuner durait toujours trop longtemps pour nous, les enfants. Nous partions jouer avant la fin des agapes, lassés d'écouter les parents refaire le monde.

— Deux heures, pas avant deux heures, vous entendez !

À l'unisson nos mères nous avertissaient. Nous ne pouvions pas nous baigner avant que la digestion ne fût achevée.

Très vite la fournaise de l'après-midi devenait insupportable. Nous détalions nous abriter sous les parasols. Commençaient alors les parties de noyaux d'abricots. Chacun de nous en avait son sac rempli.

Souvent le soir, avant de m'endormir, je passais quelques minutes dans mon lit à astiquer ma collection de noyaux d'abricots. Je les comptais, les recomptais et veillais à ce qu'aucun ne fût abîmé.

J'étais un as. Je raflais presque toujours la mise. Je me retrouvais, le dimanche soir en rentrant à la maison, avec un sac dégorgeant de noyaux.

Quand Alain est né, nous sommes restés plusieurs semaines sans aller à la mer.

Papa craignait que d'autres s'accaparent notre cabanon. Il faisait des pieds et des mains pour y retourner. Mais maman était toujours fatiguée et papa devait s'occuper du petit frère.

— La mer…

Soupirait papa.

— Quoi, la mer ?

Demandait maman agacée, Alain fourré dans le creux de son bras tétait gloutonnement un sein.

Papa cédait. Il se contentait de rêver de *sa* mer. Moi, je râlais un peu, mais maman me faisait vite comprendre que, si je continuais, j'irais me coucher sans manger.

J'apprenais à mes dépens les dures réalités de la vie avec un frangin.

Je sonne une énième fois chez la tante Rosine.

Une odeur de caca monte de la poussette. Alain gigote comme un ver de terre dans une boîte d'appâts pour la pêche.

Ça sent horriblement mauvais. Par chance, il n'y a personne dans la rue.

Je prie pour que ma tante vienne ouvrir. Je sonne une nouvelle fois — en vain. Je me démantibule le cou en essayant regarder au premier étage si les volets s'entrouvrent. Mais ils ne bougent pas d'un millimètre.

À l'évidence, Rosine n'est pas là. Je me sens vaincu par les circonstances.

J'observe autour de moi. Cherche une solution. Je me décide enfin à frapper à la porte des voisins, les Estinguy. J'abandonne pour l'instant Alain et sa petite frimousse contrariée dans son caca. Dans peu de temps, il va se mettre à hurler.

Je sonne trois fois de suite à leur porte avant de frapper sans retenue. Je me suis souvenu que les deux petits vieux sont sourds comme des pots.

Je cogne, cogne et cogne. Personne ne vient ouvrir. Où sont-ils donc passés ?

Soudain, j'ai une révélation : ils sont à l'église bien sûr !

Je prends immédiatement la décision de m'y rendre. Je n'ai, je dois bien l'avouer, pas de plan de rechange.

Alain gesticule dans sa poussette. L'odeur, devenue franchement irrespirable, embaume à des kilomètres.

J'vais à de nombreuses reprises regarder maman quand elle changeait Alain.

Je l'avais observé qui enlevait l'épingle à nourrice, démaillotait Alain et le saisissait par les chevilles pour lui soulever les fesses et retirer le lange gorgé.

L'opération m'avait toujours paru dégoûtante. Surtout lorsqu'un peu de matière collait aux mains de maman.

Ensuite, il fallait laver le petit frère, l'essuyer, le talquer et l'emmailloter dans un nouveau carré de coton propre. Par-dessus, une culotte large faisait l'affaire et le tour était joué. Enfin, c'est une façon de parler. Je considérais plutôt l'opération comme un mauvais tour.

Mais là, dans la rue, devant les portes closes de tante Rosine et des Estinguy, que puis-je faire, sans matériel adéquat et sans expérience ?

— Tu aurais pu te retenir.

Je me plains à Alain qui cesse un instant de se trémousser et d'étaler sa commission sous lui, avant de hurler son désespoir à pleins poumons.

Il ne me reste qu'une solution, courir jusqu'à l'église, y trouver ma tante et lui refiler le paquet cadeau.

Je prends mon courage et la poussette à deux mains. Je remonte la rue au pas de charge.

L'église se situe à environ cinq cents mètres de chez Rosine, au sommet d'une côte dite des Pénitents — la bien nommée.

*

Mes parents voulaient croire que les différentes communautés se côtoyaient en plus ou moins bonne harmonie avant le 1ᵉʳ juillet 1962.

Celle des indigènes était la plus importante en nombre, mais certainement pas en responsabilités.

Comme nous, les indigènes avaient leurs lieux de culte. Papa disait qu'ils vénéraient une idole qui leur interdisait de manger une certaine viande.

— Ce sont des gens très différents de nous, ils ne mangent pas de porc.

M'expliqua-t-il quand je lui demandais, et ma question était candide, si les indigènes étaient des êtres humains ou non.

Cette interrogation me turlupinait depuis que j'étais en mesure d'apprécier le traitement particulier qu'on leur réservait.

Dans la vie de tous les jours, les indigènes vaquaient à leurs occupations à côté de nos parents et amis sans qu'on pût distinguer de différences. C'était essentiellement après le travail, et surtout les jours de repos, que leurs singularités apparaissaient.

Ces jours-là, ils ne se mêlaient pas à nous. Ils avaient leurs troquets, leurs passe-temps et leurs propres coutumes.

Notamment, ils se passionnaient pour le jeu des dominos. Jeu que j'avais abandonné à l'âge respectable de six ans, et pour lequel de vénérables indigènes chenus s'enflammaient encore.

Les dominos claquaient sur les tables, des acclamations joyeuses ou rageuses franchissaient les portes des bistrots.

Ces jours-là donc, nous vivions sur deux planètes différentes. Il était même interdit de trop s'en approcher — comme à la plage par exemple.

— C'est parce qu'ils ne mangent pas de porc qu'ils ne sont pas comme nous ?

Avais-je demandé, intrigué par cette caractéristique singulière qui faisait d'eux des anormaux.

Papa semblait embarrassé par ma question. Nous n'abordions jamais ces sujets. Si je m'y étais risqué, c'était parce que j'avais des amis indigènes à l'école.

Il m'était venu à l'idée que je pourrais les inviter un samedi à la maison et que nous partagerions un goûter avant d'aller jouer.

— Du porc et d'autres choses…

Avait dit papa de façon suffisamment énigmatique pour que je remette à plus tard mes projets d'invitation.

La deuxième communauté que nous fréquentions d'égal à égal, et qui nous ressemblait comme deux gousses d'ail, était celle qui ne mangeait pas de porc non plus.

Quand j'avais appris de la bouche de David, mon meilleur copain de classe, que lui non plus ne touchait pas au cochon, j'avais eu le choc de ma vie.

— T'es un indigène ?

L'avais-je questionné, horrifié.

David, à de nombreuses reprises, était venu à la maison partager gâteaux et autres sucreries que maman cuisinait à notre intention. Si j'avais été plus attentif, j'aurais remarqué que David laissait de côté les pâtisseries à base de saindoux.

J'imaginais la tête de mes parents quand je leur apprendrai la vérité : David était un indigène.

La leçon de morale qu'ils allaient m'infliger ne serait pas piquée des vers.

— T'es fou ou quoi ? Indigène ! Et quoi encore ? Crapaud, peut-être ? Tu cherches la bagarre ? Y a pas moins indigène que ma famille, Momo. Et t'avise pas à dire partout qu'on est des indigènes, sinon...

David, c'était certain, n'en était pas. Néanmoins, lui et les siens ne mangeaient pas de cochon. La question était alors de savoir ce qu'ils étaient vraiment.

— Mais alors, si vous ne mangez pas de porc, vous êtes quoi ?

Avais-je interrogé de la manière la plus humble possible, afin d'échapper à la torgnole que je sentais en prévision dans les poings fermés de mon ami.

— Nous sommes le peuple élu. Pauvre cloche, je suis Juif !

M'avait asséné David en travers de la comprenette. Son affirmation avait été plus traumatisante qu'une bonne rouste.

Le soir à table, je n'avais pas faim. Ma mine soucieuse, mon front barré d'une profonde ride et les haricots de mes deux lèvres pincées avaient inquiété maman.

— Qu'as-tu Momo ?

Mes parents avaient cessé de manger. Ils attendaient ma réponse, attentifs, les couverts fichés dans chaque main, prêts à m'étriper si j'optais pour la mauvaise réponse.

— Pourquoi David est un élu, et pas les Arabes, alors qu'il mange pas de porc comme eux ?

M'étais-je contraint à dire d'une voix qui trahissait l'angoisse. Je rentrais la tête dans les épaules dans l'expectative d'une gifle ou autres douceurs parentales.

— Mais voyons, Momo, David c'est pas pareil ! David et les siens font partie du peuple élu. C'est-à-dire que…

Avait commencé maman avant que papa ne lui coupât la parole :

— C'est à dire qu'il n'en mange pas… Mais eux c'est différent… Si tu veux…Ils sont comme nous… Disons… disons… Comme nous mais avec de l'argent en plus…

Pour bizarre et hasardeuse qu'elle fut, cette explication avait clos le débat.

*

L'église est déserte. Ça devient une habitude.

Je viens de grimper la côte des Pénitents en poussant Alain devant moi. Celui-ci braille de plus belle.

Personne.

Nous nous avançons dans l'allée centrale. Mon frère trompette notre renommée. Sa voix est reprise en écho — multipliée à l'infini.

La fraîcheur du lieu me surprend. Je frissonne d'une étrange fièvre — une moiteur glacée ou une « glaceur » moite, je ne sais pas trop.

Interdit par l'ampleur qu'atteint sa voix, Alain se tait subitement.

L'odeur de l'encens, mêlé à celui du moisi qu'exhalent les églises, corrode mes narines. J'éternue une bonne dizaine de fois.

Ni tante ni voisins ni âme qui vive. Même monsieur le curé n'est pas à son poste. Ni son bedeau, qui m'a toujours fait peur avec sa démarche de marin soûl et son regard allumé de mouette excitée survolant un banc de sardines.

Alain pousse alors un de ces cris à vous faire dresser les poils des jambes.

Il devient urgentissime, avant de gamberger sur l'absence d'adultes dans l'église, de sauver Alain de sa marée noire.

Pour avoir vu un jour ses fesses aussi rouges qu'une orange sanguine, à vif et flamboyantes, je sais que le mélange d'urine et de caca produit de l'acide sulfurique.

Que faire ?

Je regarde à droite et à gauche. Je balance d'avant en arrière la poussette d'Alain dans le but illusoire de le calmer.

Quand j'aperçois à l'entrée de l'église les deux bénitiers, ces sortes de vasques en pierre dans lesquelles stagne l'eau bénite et croissent des algues microscopiques non moins bénites.

Je fais volte-face, manquant de renverser la poussette. Je cours.

Une fois parvenu à la hauteur des bénitiers, j'ai déjà pris ma décision. Aux scouts, j'y vais le jeudi et certains dimanches, on nous a appris l'esprit de décision.

Alain me met à l'épreuve. Il m'offre l'occasion de mettre en pratique mon savoir.

Je suis investi d'une mission à laquelle nos chefs scouts n'auraient jamais songé : éviter que les fesses de mon frangin ne soient attaquées par la décoction de ses déjections.

J'agis instinctivement. Je l'attrape sous les bras. Je respecte une distance de sécurité pour ne pas être victime d'un éclat de quoi je sais et sens à plein nez.

Je le hisse péniblement à hauteur d'une des vasques. Le pose dedans.

Alain barbote gentiment dans l'eau olivâtre. La fraîcheur doit lui faire du bien. Il ne hurle plus.

Il me reste à lui retirer avec précaution sa culotte et son lange. Mon Dieu ! C'est justement l'occasion de faire appel à Lui : Mon Dieu !

L'opération dure des siècles et des siècles.

J'approche une chaise. Monte dessus. Alain me regarde faire. Il a l'air d'apprécier son bain. Il babille, fait gicler de l'eau autour de lui.

Avec la pincette de mes doigts, je retire les différents linges.

La culotte dans une main, le lange dans l'autre, je descends de la chaise. Migre en direction du second bénitier. Y lave tant bien que mal les *choses*.

Alain, quant à lui, en équilibre dans sa vasque, entame une partie de water-polo.

J'essore les vêtements. Les étends sur le dossier d'un banc. Puis retourne chercher mon frangin dans sa piscine ecclésiastique. Le soulève. Il émet un cri de désapprobation.

J'allonge Alain sur le banc. Le maintiens de mon mieux. Le rhabille avec son lange et sa culotte mouillés.

Alain calmé, je le réinstalle dans la poussette. Le sangle.

Je décide de sortir pour sécher Alain au soleil.

*

Je n'aimais pas précisément les cours de catéchisme. Papa avait décrété à l'unanimité moins une voix, la mienne, que c'était une tradition séculaire dans notre famille.

Je n'y retrouvais pas un seul végétarien du porc.

Nous passions, mes camarades et moi, deux heures assis dans une salle du presbytère à écouter les enseignements de madame Exabrupto, — Joséphine de son prénom.

Madame Exabrupto est d'origine italienne par sa mère et acariâtre par son père.

Elle possède une paire d'incisive plantée à l'oblique dans sa mâchoire supérieure. Celle-ci lui donne un air très prononcé de Dracula, et on l'imagine aisément sucer le sang des garnements qui ne lui obéissent pas.

Sous sa férule, nous nous tenions à carreau. Pas un d'entre nous ne mouftait plus haut que ses orteils. Si bien que les leçons de Joséphine Exabrupto se déroulaient dans le calme et la concentration.

Elle nous apprenait que notre Seigneur était Unique — bien qu'on le priât sous ses trois formes : le Père, le Fils et le Saint-Esprit.

Madame Exabrupto s'emportait souvent. Sujette à un lyrisme inspiré, elle s'employait à nous convaincre que nous devions être de bons chrétiens, des enfants respectueux et de futurs honnêtes hommes.

Bizarrement, chez Joséphine, la place des filles n'était pas clairement définie. Elle ne nous semblait pas très enviable, à nous les garçons, qui remercions Notre Seigneur de nous avoir fait mâles.

Il y avait dans notre groupe une seule fille, Sébastienne.

Ses longs cheveux dévalaient dans son dos en une cataracte de boucles blondes. Elle les serrait parfois en queue de cheval qu'un chouchou éponge étranglait à hauteur de la nuque.

Cette blondeur était à nos yeux un objet de curiosité. Nous n'avions pas si souvent l'occasion de voir des blonds. Notre entourage était plutôt d'une pilosité tirant sur le brun foncé — un brun méditerranéen.

Sébastienne exerçait sur moi une fascination qui aurait pu s'apparenter à une sorte de béguin inavoué.

Quand nous nous croisions à moins de cent mètres, je rougissais.

Sébastienne, elle, ne me regardait pas. Ou bien de ce regard d'indifférence qui me clouait sur place et me laissait pantelant.

Novice dans l'art de la séduction, je me contentais d'un bonjour bredouillé du bout des lèvres et d'un au revoir ravalé de travers.

Je zyeutais Sébastienne par en dessous tandis que madame Exabrupto nous conviait chaleureusement — c'est-à-dire qu'elle nous promettait de brûler en enfer si nous n'obtempérions pas — à nous confesser chaque semaine.

J'ai gardé de ces confessions hebdomadaires une déplaisante impression d'approximatif.

Il fallait que je trouve à renouveler mon stock d'aveux entre chaque séance — faire du neuf en m'appuyant sur mon peu d'expérience.

L'éventail de mes fautes ne dépassait guère un gros mot dit par contrariété, un coup de pied dans le derrière d'un chien errant ou le pincement du gras du bras de mon frère qui m'avait exaspéré.

Il m'arrivait le soir, dans mon lit, d'échafauder un péché pour le dimanche suivant — meurtre, vol avec effraction ou tentative de braquage d'une banque avec prise d'otages.

Malheureusement, dans le confessionnal et sous le regard compatissant du prêtre, je ne pouvais que répéter les sempiternelles rengaines communes à tous les enfants de mon âge.

*

Le soleil, grimpé d'un cran sur l'échelle de la journée, darde ses rayons sur la ville étrangement déserte.

Je me sens perdu. Cette curieuse impression, dans une ville que je connais comme ma poche, n'est pas faite pour me rassurer.

Alain dort. La petite séance à l'église l'a fatigué et je remercie le Seigneur de cette accalmie opportune.

Il me faut une nouvelle fois prendre une décision.

Ni papa ni maman ne m'ont soumis de *plan B*. Si je ne trouve pas tante Rosine que dois-je faire ?

Je demeure dans l'attente morne d'une révélation qui me mettrait sur la bonne voie.

Finalement et en désespoir de cause, je décide de retourner à la maison. Après tout, je ne vois pas quel danger m'attendrait en rentrant chez moi.

Depuis le 1er juillet, jour où les Algériens avaient obtenu officiellement leur Indépendance, notre vie avait considérablement changé.

Mes parents avaient pleuré comme des madeleines ce jour-là.

Je les observais, intrigué, qui se consolaient mutuellement, se serraient dans les bras avec effusion. Les messes basses allaient bon train.

Les mouchages ponctuaient les reniflements. Les soupirs s'allongeaient sur des kilomètres.

Nous étions restés calfeutrés à la maison tandis que les rues retentissaient de coups de klaxon, de cris, de rires et de détonations.

Papa avait téléphoné à des amis. Il avait longtemps parlé avec eux.

Maman n'avait cessé de tenir Alain dans ses bras. Elle le berçait sans discontinuer. Elle lançait parfois des regards d'une mélancolie à fendre le cœur. J'en avais les pattes coupées.

Subrepticement, je m'étais approché de la fenêtre pour jeter un œil à l'agitation qui animait la rue en bas de chez nous.

Il y avait comme une odeur de kermesse et de vacances desquelles j'étais exclu sans vraiment comprendre pourquoi. Les indigènes s'embrassaient, se congratulaient et faisaient preuve d'une exubérance tapageuse.

Soudain, j'avais senti papa me saisir par le colback et me tirer vers l'arrière.

— Tu es fou ou quoi, Momo ? Tu veux prendre une balle perdue ?

Son corps était agité de tremblements qu'il ne maîtrisait pas. Il transpirait. Ses tempes ruisselaient.

— Nous ne sommes plus chez nous, Momo. Il va falloir faire attention maintenant…

Avait-il expliqué en me prenant par les épaules. Il m'avait regardé droit dans les yeux, me transperçant de part en part.

Quand il m'avait enfin relâché, j'avais fait le tour d'horizon du salon et m'étais rassuré — nous étions encore chez nous.

Mon père avait-il perdu la raison ?

Mais je ne suis pas si bête que ça. Les événements qui s'étaient produits depuis des mois ne m'étaient pas inconnus.

Les différentes communautés cohabitaient dans un état de guerre inavoué.

Chaque jour des attentats se produisaient. On entendait parler d'assassinats et de d'opérations militaires. Nous ne devions plus nous attarder le soir dans la rue.

Conséquence, il m'était strictement interdit de fréquenter les indigènes que je ne connaissais pas. C'était un ordre formel.

Papa avait dit que si je désobéissais, je risquais le pire. Il ne s'était pas étendu sur ce que signifiait ce pire-là — assurément, et pour le moins, une fessée.

En semaine, maman m'accompagnait à l'école. D'ailleurs, tous les enfants étaient maintenant chaperonnés par un parent. Sauf les indigènes qui, à nos yeux envieux, bénéficiaient du statut d'écoliers libres de tutelle.

Ils ne manquaient d'ailleurs pas de se moquer de nous et de nous traiter de mauviettes. Ce qui donnait lieu à des bagarres dans la cour de récréation ainsi qu'à des insultes échangées à tire-larigot.

L'année précédente, au début du mois de novembre, mes parents avaient congédié notre vieille bonne Fatima.

— Nous ne pouvons plus lui faire confiance.

Avait expliqué maman à qui je m'étais plaint que ce n'était pas juste.

— Mais pourquoi ?

Avais-je demandé, ne comprenant pas les raisons qui faisaient d'elle un paria.

Fatima était à notre service bien avant ma naissance. Je l'avais toujours connue. J'aimais respirer son odeur d'épices et l'écouter me raconter des histoires et des légendes du pays. Elle les tournait si bien, que j'en redemandais dès qu'elle avait un moment à me consacrer.

Elle avait un petit faible pour la bouteille, c'est vrai. Une tendance certaine à assécher les restes de vin de table. Mais nous lui pardonnions parce qu'elle était serviable et si disponible que maman disait d'elle qu'elle était une perle.

Comment pouvait-on, d'un jour à l'autre, passer du statut de perle à celui de verroterie sans valeur qu'on jetait à la rue ?

— Tu ne peux pas comprendre, tu es trop petit.

Avait dit maman.

Pour les choses importantes, j'avais depuis longtemps compris que j'étais trop petit ou pas encore assez grand.

On m'évinçait ainsi plus facilement et, à force de me prendre pour un idiot, je redoutais d'en devenir un.

Au fil des jours, l'atmosphère était devenue étouffante.

Jusqu'à ce 1er juillet 62 où elle devint irrespirable.

*

Sur le chemin du retour, Alain émet quelques gargouillis. Dans peu de temps son ventre criera famine et il faudra l'alimenter.

Mon frère continue à prendre le sein deux fois par jour. Mais, depuis quelques mois, il a fait son entrée dans le monde de la grande gastronomie : purée de patates, viande bouillie et hachée, bananes écrasées.

Repas qu'il prend le midi et le soir, dépensant une énergie folle à s'en mettre partout — et ailleurs.

J'opte pour un raccourci.

Je m'apprête à prendre la grande avenue, dite Principale, lorsque que retentissent des explosions. Ça claque sec et bref.

Je scrute l'horizon. L'avenue est déserte.

Les déflagrations proviennent d'un quartier plus lointain. Elles cessent rapidement.

Je continue mon chemin.

Le ventre d'Alain gargouille de plus belle.

Il faut que j'accélère.

Je ne suis plus qu'à une centaine de mètres de la maison quand, en haut de l'avenue, j'aperçois une file indienne de gens silencieux.

Ceux-ci marchent docilement alignés sur le trottoir.

Sur la chaussée une voiture découverte du type militaire, une jeep peut-être, roule au pas.

À l'intérieur, un homme est assis au volant tandis qu'un autre debout, une espèce de sac à main à l'épaule, s'agite nerveusement.

En me concentrant, je m'aperçois que le sac à main est une arme qu'il pointe en direction des gens.

J'ai eu dès mon plus jeune âge une fascination pour les militaires. Surtout les treillis que je trouve beaux. J'aime le vert caca d'oie et le beige sable. Ces tenues de camouflages me font rêver.

Apparaît, à l'autre bout de l'avenue la carriole d'un indigène. Un mulet la tracte péniblement. J'entends sa respiration sifflante. Elle me fait penser à une chambre à air crevée.

C'est le cri strident de l'Arabe houspillant la pauvre bête qui m'incite à tourner la tête vers eux.

Je connais cet homme pour l'avoir souvent vu au marché. Il y vend des légumes et des fruits.

Maman lui en achète parfois. Il ne manque jamais de m'adresser un sourire.

Je n'ai pas peur de lui. Du moins, je fais celui qui n'a pas peur de lui. Au marché, j'agrippe la main de maman. Je reste fièrement à ses côtés, devant l'étal — prêt à me sauver au moindre signe alarmant tel que, par exemple, l'attaque en piqué de ses gencives sur ma tendre personne.

Le mulet avance avec peine, ralenti par la charge qui le leste.

La charrette est pleine. Ce qui à cette heure de la journée — il doit être presque onze heures et des broutilles et le soleil a décidé de nous rôtir à cœur — n'est pas normal.

Le vieil indigène se redresse. Il hésite à poursuivre sa route.

Il tend son maigre cou. Evalue la situation. Se rassied. Se redresse. Se rassied.

Je reviens au militaire et à son sac à main très spécial.

La file des gens sur le trottoir ne semble pas avoir de fin.

Je remarque qu'ils ont tous un air, comment dire ?, un air bizarre. Ils me font penser à des poulets qui défileraient à la queue leu leu dans une basse cour. Pourquoi ?

Je me retourne une fois encore vers l'indigène et son mulet. Il cravache maintenant la pauvre bête. Elle brait de plus belle. Rouspète. Pète d'indignation.

Alain et moi sommes à égale distance du militaire et du vieil Arabe.

Pour parachever le tableau, Alain — mon petit frère est un spécialiste de l'à-propos qui tombe mal — pousse un cri de famine.

*

Des mulets, j'en ai croisé des tas lorsque nous allions, au printemps quand les jours s'allongeaient, pique-niquer sur les hauteurs, à une quinzaine de kilomètres de la ville.

Nous n'étions jamais seuls. Les voitures s'emboîtaient les unes dans les autres en un long collier motorisé. Nous prenions notre rang dans la file et zigzaguions de concert.

Fenêtres ouvertes, nous laissions le beau temps pénétrer dans l'habitacle et dans nos cœurs. Il nous saturait d'une joie communicative.

Derrière son volant, qu'il tenait dix-dix — c'est à dire les deux mains réparties de part et d'autre, dix heures dix exactement, parce que c'est ainsi qu'il convient de conduire et pas autrement —, papa sifflotait une ritournelle à la mode.

C'est ainsi que nous parvenions sur les hauteurs, dans *notre* pré.

Quand je dis *notre*, j'exagère un peu. Il ne l'était pas vraiment.

Nous nous y retrouvions à une bonne trentaine de familles — toutes munies d'un pique-nique, d'un drap à carreaux et de sièges pliants.

En quelques minutes, le pré s'agrémentait d'un damier multicolore où le mariage du rouge et du blanc dominait les ébats.

Il convenait de ne pas arriver trop tard pour disposer des meilleurs emplacements.

Ces espaces à l'ombre des arbres, nous les conquérions chèrement et au prix d'un départ aux aurores.

Par malheur, nous n'étions pas les seuls à avoir eu cette idée matinale. Souvent, nous devions lutter pour obtenir gain de cause.

Combien de fois papa n'avait-il pas disputé à la convoitise gourmande d'une famille revendicatrice un carré d'herbe sous un jujubier ombrageux ?

S'ensuivait force palabres qui se terminaient souvent par des gestes discourtois et des mots définitifs.

Quand nous sortions victorieux de ce bras de fer, je recevais l'ordre impératif de ne pas bouger d'un iota de l'endroit si convoité par une armada de familles prête reconquérir le territoire perdu.

— Si jamais y en a un qui veut nous piquer la place, tu cries.

Disait papa. Puis il accompagnait maman pour décharger la voiture.

Sur les coups de midi, nous vidions la glacière ainsi que les paniers repas.

Mon père et quelques autres papas prenaient l'apéritif.

Chacun allait de sa tournée. Papa, même s'il faisait attention, revenait s'asseoir avec nous dans un état de franche gaieté.

Il arborait un sourire de vainqueur du Tour de France. Il bafouillait deux ou trois mots mouillés d'anis et bayait benoîtement aux corneilles avant de réprimer un rot alcoolisé.

Après le déjeuner sur l'herbe, les enfants s'éclipsaient.

Nous jouions le reste de l'après-midi, tandis que nos pères ronflaient bruyamment et que nos mères potinaient entre elles.

Le soir, nous levions le camp dès que le jour commençait à baisser.

Le retour était une toute autre paire de manches.

Chacun souhaitait parvenir le premier à l'orée de la ville afin d'éviter les embouteillages.

Ce qui le matin n'avait été qu'une longue estafilade de véhicules sagement alignés et roulant à même allure sur la joue d'une campagne renaissante, se muait le soir en une course effrénée d'excités de la vitesse.

Papa était le spécialiste du déboîtement sans clignotant.

Il doublait à l'emporte-pièce en lâchant bordées de jurons sur bordées de récriminations.

Maman s'agrippait à la portière pour bien souligner le danger que nous encourions à cause de sa conduite agressive.

Quant à moi, je subissais à l'arrière les embardées de mon père comme autant de vagues d'une mer démontée qui venaient heurter notre rafiot à quatre roues.

Une fois sur deux, je vomissais. Maman disait pour agacer papa :

— Et voilà ! T'as gagné le cocotier en roulant comme un dingue...

*

Les gens ont les mains sur la tête, les coudes écartés. Raison pour laquelle j'ai pensé à des ailes de poulets.

La jeep est arrêtée. Le militaire armé en est descendu.

Il se précipite à grandes enjambées vers la file indienne qui s'allonge interminablement jusqu'en haut de l'avenue.

Je lui vois faire un moulinet avec son arme avant de l'abattre sur quelqu'un.

L'action se déroule si vite que je ne réagis pas.

L'homme tombe par terre. On l'aide à se relever. La longue file se remet en marche à pas lents.

Le militaire retourne vers la jeep. Monte. Cette fois-ci, il s'assoit.

Quelques secondes, et je distingue une spirale argentine de fumée qui s'élève. Le militaire fume une cigarette.

Alain s'agite dans la poussette. Il lance à intervalles de plus en plus rapprochés des cris de souffrance, voire d'agonie.

Sa faim se décline en notes sourdes, désespérées et chargées d'une haine qui me tétanise.

Alain, s'il ne meut pas encore de faim, ne va pas tarder à revendiquer son droit à se gaver pour calmer ses crampes d'estomac.

Je me retrouve encore une fois confronté à une décision à prendre.

Il me faut impérativement traverser l'avenue pour atteindre la rue où nous habitons.

Mais, si je traverse, ne vais-je pas éveiller l'attention des militaires dans leur jeep, et me retrouver avec mon frère dans la queue des poulets, les mains sur la tête ?

Les responsabilités commencent à peser sur mes épaules.

Mes parents, avant ce qu'ils appelaient à demi-mot les événements en Algérie, ne m'avaient jamais chargé de telles missions. Mon statut d'enfant était inaliénable.

Je jouais. Je faisais des bêtises. On me grondait, me félicitait, me punissait, me récompensait, me rappelait à l'ordre, me cajolait — ça oui.

En aucun cas, on ne me confiait de tels pensums. Je n'avais pas à décider. On s'en occupait pour moi. J'y étais habitué. C'était confortable.

Dans l'ordre hiérarchique, papa était le général en chef. Maman officiait en commandant d'intendance. J'étais le simple troufion. Alain était le bleu, et au plus bas de l'échelle il bénéficiait d'une certaine bienveillance.

Papa était le roi JE. Maman la reine NOUS.

La vie s'ordonnançait autour de cet axe. Les choses étaient à leur place et rien ne semblait devoir les en déranger avant ce 1er juillet.

J'en suis encore à me demander que faire, tandis qu'Alain s'époumone sur l'air de *je-crève-la-dalle-au-secours-sauvez-moi-sinon-je-fais-un-malheur*, quand j'entends dans mon dos une voix impérative :

— Vite ! Monte ! Dépêche-toi !

Je me retourne.

C'est le vieil indigène. Le maraîcher et son mulet sont parvenus à ma hauteur.

La bête sue. Une vapeur blanchâtre s'échappe de son pelage. Elle s'évanouit en laissant dans son sillage un fumet animal. Le mulet bave moussu. Ses poumons râlent. Ses pattes tremblent. Les ridelles qui le relient à la carriole lui battent les flancs.

L'indigène a rabattu la visière de sa casquette sur son front. Il est recroquevillé sur le banc de la charrette. Il ne semble pas vraiment content.

— Mais tu montes, oui !

Insiste-t-il, avant de bondir avec une agilité qui me déconcerte.

Il s'empare d'Alain. Le sort de la poussette. Le jette comme un vulgaire paquet postal au milieu du chargement de salades, navets et fruits.

D'un coup de pied, il flanque la poussette sur le côté, la renversant.

Il remonte dans la charrette. S'assoit sur le banc aussi vite qu'il en est dessus.

— Et alors, tu prends racine ?

Questionne-t-il. Un rictus effrayant lui barre le visage.

Totalement pétrifié, j'agis comme sous hypnose. Je me hisse à côté du vieil indigène.

Je suis terrifié à l'idée de me faire kidnapper en plein jour par un maraîcher dans une charrette que tracte un mulet râpé.

Pour me consoler, je pense que, si course poursuite il doit y avoir, l'indigène ne part pas gagnant. On viendra me délivrer au plus vite.

Machinalement, je jette un œil derrière moi.

Alain flotte sur une mer de choux verts. Il ne pleure plus ni ne réclame plus. Bouche ouverte, il rumine une feuille de chou.

L'indigène fait claquer sa langue.

Le mulet se remet en marche, l'échine courbée.

Son « *hihan* » désenchanté accompagne le premier tour de roue de la charrette.

*

Faire le marché avec maman était une punition que je n'encaissais pas sans ronchonner.

Pour éviter la corvée, j'invoquais un mal de ventre carabiné ou un devoir urgent à terminer afin d'obtenir la note maximum qui remplirait de fierté mes parents.

Je traînais des pieds jusqu'au marché, la tête basse.

Nous quittions en général la maison vers les neuf heures.

Alain, dans sa poussette roupillait ou gazouillait selon son humeur du jour. À croire qu'aller au marché était pour lui une sinécure.

La solidarité fraternelle ne semblait pas s'appliquer à cet exercice. Son dilettantisme et sa nonchalance étaient pour moi un crève-cœur.

Alain est un innocent.

Il paraît que nous naissons tous innocents. Mais moi, je pense que ce n'est pas vrai. Je crois surtout que l'on naît inconscient. Sinon comment expliquer l'attitude de mon frangin ?

Gai comme un pinson, heureux comme une carpe sous un mètre de vase, Alain possède l'innocence des inconscients — et peut-être celle des nantis.

Ce n'est pas lui qui, au bout d'un moment, doit porter les cabas remplis de légumes, pains et autres nourritures pesantes. À se demander comment nos estomacs digèrent tout ça.

Le marché se tenait sur la place du Maréchal Joffre. On y parvenait abruptement au détour d'une rue.

Les premiers étals offraient à la vue une tripotée de sacs de jutes gonflés à en éclater, qui de feuilles de menthe, qui de coriandre, qui de graines de cumin, qui de fleurs de safran, qui de…

Alain éternuait. Je me frottais le nez avec le dos de la main, chassant une invisible mouche.

— Quelle odeur !

Disait maman, et elle respirait un bon coup.

L'ordre des courses était immuable.

Maman achetait d'abord les melons du samedi. Quatre belles pièces rebondies aux ventres verts ou jaunes selon l'arrivage.

— Ça pèse et ça ira bien au fond du panier.

Disait-elle. Maman posait les melons avec délicatesse. Elle les calait les uns contre les autres.

Ce n'était que le début de mes tourments.

Maman touchait à tous les fruits. Puis, venait le tour des légumes.

Nous nous arrêtions devant l'étal du vieil Arabe. C'était une table en bois dégorgeant de produits de la terre. Derrière, le mulet crottait dans son coin, ajoutant aux effluves déjà capiteux le fumet de son crottin ocre brun.

— Sont frais vos oignons ?

Demandait maman en portant une de ces fesses mordorées sous ses narines palpitantes.

Elle humait. Pressait. Détachait la fine pellicule de peau. Grattait. Puis sentait son doigt.

Le maraîcher se taisait. Il attendait le verdict.

— Un kilo *bon poids*.

Commandait maman.

Le kilo *bon poids* est une unité de mesure égale au kilo *bien pesé* ou au kilo *chouïa*.

Le kilo *bon poids* correspond, si on le convertit à l'échelle d'une humanité ignorante, à un kilo et des *broutilles*.

Les *broutilles* sont les composants de la valeur qui fait que la cliente revient la fois d'après. Une *broutille* trop légère, et on la perd.

Le vieil indigène pesait, convertissait en argent, puis il me tendait sa marchandise.

Maman sortait de sa poche son porte-monnaie. Elle attendait que le maraîcher lui ait offert *la* botte de persil. Nouvelle unité de valeur primordiale dans la relation avec la clientèle.

Le vieux maraîcher arabe indigène, dont l'expérience se lisait dans chacune de ses mimiques, la lui offrait volontiers — plus un abricot bien mûr à mon frère et moi.

Il s'assurait ainsi la fidélité de ma mère et pariait sur la génération future, ne doutant un instant qu'il serait encore de ce monde quand nous aurions, nous les enfants, l'âge de nous marier et d'envoyer nos femmes lui acheter un kilo *bon poids* de fèves fraîches.

*

— Baisse la tête. Fais-toi le plus petit possible.

Me conseille le vieil indigène.

Nous croisons la jeep. Le militaire est à nouveau dressé sur ses jambes. Il hurle des ordres gutturaux à la file des gens sur le trottoir.

Le mulet choisit ce moment critique pour stopper net sa progression laborieuse. Il lève la queue. Lâche un chapelet de crottin fumant.

Le militaire se retourne. Nous fait face.

Le maraîcher se raidit. Il lance deux ou trois mots dans sa langue, des excuses me semble-t-il, avant de sauter de la charrette — authentique lutin monté sur ressort.

Il en fait le tour. Revient une pelle et un balai à la main. S'active à ramasser la production intestinale de son mulet impassible qu'il incendie de reproches bien sentis.

Je suis terrorisé à l'idée qu'Alain puisse nous gratifier, à un moment aussi critique, d'un hurlement de derrière les fagots dont il détient le secret.

Rien…

Le menton rivé sur la poitrine, j'essaie de voir ce que mon frère mijote. Une tentative qui s'avère infructueuse. À moins de me démancher le cou, il n'y a pas moyen.

L'indigène réintègre sa place après avoir balancé le crottin dans la charrette. Peut-être même sur les fruits et légumes qu'elle transporte. Peut-être même sur mon frère…

Pèse sur nous le regard du militaire. Il n'a pas dévié d'un degré. Droit dans ses bottes, il ne montre pas le plus petit signe de vie. Ses yeux plissés ne laissent entrevoir qu'un rai oculaire, tel un varan guettant sa proie.

Va-t-il s'intéresser à la minuscule chose à côté de son compatriote ?

Va-t-il remarquer Alain et ses couches souillées ? Découvrir cette grotesque bestiole, inoffensive, au centre d'un tas de légumes invendus et de fruits gâtés sous l'effet de la chaleur ?

Je m'imagine fuir, abandonnant mon pauvre frère dans les choux. Je ne songe pas sans frayeur aux balles qui vont me transpercer avant que je n'atteigne une rue transversale. Je me vois tomber, une douleur effroyable dans le dos. Un dernier regard vers le ciel bleu, et c'est fini.

Maman soutient qu'on ne meurt pas. On passe simplement d'un monde à un autre. On continue son chemin — ailleurs, voilà tout.

Quand je lui demande si dans cet ailleurs-là nous serons ensemble, papa, Alain, elle et moi, elle me répond que « Oui bien sûr, mon chéri. »

Je ne mets jamais sa parole en doute. La parole de maman, comme le thé qu'elle prépare certains samedis pour ses copines, infuse et je la bois sans discuter.

Mais ici, au milieu de l'avenue, mes certitudes ne sont plus aussi implacables. Maman n'est plus là pour me les rappeler. Un être vous manque et le monde se met à trembler sur ses bases.

Et si nous ne nous retrouvions pas après ?

Le maraîcher bredouille une phrase dans son patois. Puis il fait claquer sa langue contre son palais. Le mulet hésite un instant avant d'avancer. Je jurerai qu'il a haussé les épaules.

La carriole tangue, reprend son rythme de croisière d'une lenteur exaspérante — centimètre par centimètre, nous avançons.

Ma peur dépasse tout ce que j'ai connu jusque maintenant. Mes muscles se tétanisent. Un spasme douloureux vrille mes intestins. Je serre les dents. Elles crissent. Une sueur froide, presque visqueuse, baigne mon visage. Ma bouche se dessèche.

Je ferme les yeux, le plus fort possible, dans l'intention de me soustraire à la réalité.

Gamin, je me cachais derrière mes mains pour qu'on ne me voie plus. Papa faisait l'innocent.

— Momo ? Momo, t'es où ?

J'étais ravi. Me taisais. Papa me cherchait dans toute la maison : « Momo ?

— Ici ! »

Hurlais-je enfin. Papa jouait la comédie. Je tombais à chaque fois dans le panneau.

C'est exactement ce à quoi je me raccroche, tandis que le mouvement chaloupé de la charrette me donne la nausée.

J'ai vomi sur mes jambes.

Mes bras entouraient mon ventre, je me suis penché en avant. J'ai ouvert les yeux et je me suis relâché sans parvenir à me maîtriser.

Le maraîcher n'a pas bronché. À peine a-t-il eu un regard en biais.

Je ne peux que constater les dégâts. Ce n'est ni très joli ni très ragoûtant.

Oubliant ma situation peu glorieuse, je me concentre sur mes parents.

Peut-être se trouvent-ils dans la file des gens que nous longeons ?

Dans cet alignement de personnes, mains sur la tête, il n'y a pas un seul autochtone.

Je tente de repérer maman et papa, là, quelque part. Ou alors tante Rosine.

Soudain, la vision de ma tante les coudes en ailes de poulet au-dessus de son chignon m'arrache un sourire. Le maraîcher ne manque pas de le surprendre.

— Pourquoi tu rigoles ? Quand on pue et qu'on est couvert de vomi, on ricane pas.

Croasse-t-il sans me regarder.

— Maintenant, tu attends qu'on soit loin. Si tu bouges et t'avises de nous faire repérer, je te balance de la charrette et je te laisse te débrouiller seul.

Menace-t-il en fouettant avec les rênes le dos décharné du mulet, ce qui a pour conséquence de faire braire l'animal.

Marchant sur le bord externe du trottoir, j'entraperçois Sébastienne dans une jolie robe d'été à fleurs. Sa présence me rassure.

Ses boucles blondes sont légères sur ses frêles épaules bronzées. Le soleil les inonde de ses rayons, qui les entourent d'une auréole lumineuse qu'on dirait miraculeuse.

Il n'y a que son visage qui détonne. Sébastienne pleure. Sa figure reluit de larmes.

L'image de la statue de la Vierge, vue quelques instants plus tôt dans l'église, me revient à l'esprit. Sébastienne lui ressemble à s'y méprendre.

Je pleure à mon tour.

2

Après avoir quitté la ville, nous empruntons un chemin de terre rouge et sèche. Les roues de la charrette soulèvent des nuages de poussière de latérite.

Le vieil indigène continue à cingler le dos du mulet à intervalles irréguliers.

Sans conviction, il l'invite par des grognements à presser l'allure. C'est davantage une ponctuation qu'un ordre impératif.

Raidi dans mes habits souillés, j'ai encore en mémoire l'image des gens, les mains sur la tête, qui marchaient en rang d'oignons, silencieux, résignés à un sort qui leur était contraire.

Alain dort, les quatre fers en l'air sur un matelas de choux qui se décolorent et sentent des bras sous les feuilles.

Je cesse de me demander ce que je fais dans la carriole de cet homme, et vers quelle destination me trimballe le mulet.

Nous croisons un unique palmier. Un soldat solitaire qui monte la garde aux portes d'une campagne avare en végétaux.

Au loin, je distingue une colline d'oliviers ancestraux. Leurs ramures, gouttes lustrées d'une pluie verte et scintillante, se reflètent sous le soleil de ce début d'après-midi.

Mes parents étaient-ils dans la file que nous venons de quitter ?

Si oui, où vont-ils et comment ferai-je pour les retrouver ?

Et tante Rosine ?

L'indigène manœuvre l'une des rênes d'un geste adroit du poignet. Le mulet tourne sur la gauche.

Le nouveau sentier que nous empruntons est encore plus chaotique que le précédent. Des ornières séculaires nous malmènent. La charrette tangue et chavire à demi. Je m'agrippe au banc pour ne pas basculer.

Nous longeons un petit bois de caroubiers, quand le maraîcher donne l'ordre à sa bête de stopper.

— Descends.

Commande l'Arabe sans prendre la peine de me regarder.

J'obéis. La peur qu'il me laisse sur le bord de la route contracte douloureusement mon ventre. Je redoute d'être abandonné à un destin cruel.

Peut-être va-t-il enlever mon frère et le revendre à des caravaniers qui, eux-mêmes, le céderont à des esclavagistes qui, eux-mêmes, le revendront, et ainsi de suite. Jusqu'à ce qu'Alain finisse dans une cave sombre, l'échine courbée, les yeux usés, à coudre des sarouals à la lumière d'une veilleuse insuffisante…

— Je ne vous le permettrai pas !

Me rebellé-je à l'idée de perdre le dernier maillon de ma famille réduite à sa portion congrue.

Le maraîcher farfouille sous le banc. Il relève la tête. Une expression d'incompréhension sur le visage, il hausse les épaules avant de sauter à terre et de me rejoindre sur le bas côté du chemin.

— Qu'est-ce que tu racontes ?

Dit-il. L'étonnement chez lui dessine une autoroute de ridules autour de sa bouche.

Je suis confus. Je me trouve à sa merci. Je comprends soudain qu'il n'est pas dans mon intérêt d'en faire un ennemi.

Papa dit souvent : « Quand on ne maîtrise pas une situation, la meilleure façon de s'en dépêtrer, c'est de se laisser glisser sans faire de vague en attendant la solution. »

Et il ajoute en écartant les bras : « Fais la planche, Momo. Fais la planche. »

L'Arabe me tend un sac à patate usé jusqu'à la trame. Deux doigts manquent à sa main, le majeur et l'annulaire.

Je n'avais pas encore remarqué cette particularité. Ces amputations prennent une dimension imprévue.

Cette main me fait le signe des cornes. Un signe d'exorcisme qu'utilise papa pour conjurer le mauvais sort.

Face au maraîcher, par atavisme je suppose, j'écarte moi aussi les cinq doigts dans mon dos.

— Enlève tes habits qui puent et mets ça. Et si tu crois que je t'ai pas vu faire… Alors, va pas nous attirer la scoumoune, tu veux...

Ronchonne-t-il en me tendant le sac.

Ce sac est percé de deux trous pour y enfiler les jambes. Il est assez grand pour me remonter sous les bras. Une corde passée à travers la toile permet de l'ajuster sur la poitrine.

— Allez, enfile !

Insiste-t-il, un brin agacé parce que j'hésitais.

Une fois vêtu comme un Zoulou, il m'oblige à jeter mes habits *civilisés* dans les fourrés. Mon pantalon court reste accroché au sommet d'une broussaille rachitique.

Nous repartons côte à côte, cahin-caha. Moi, absurdement accoutré d'un sac de patates troués d'où mes jambes dépassent. Et mon frère, qui roupille comme un bien heureux.

Notre ravisseur grignote des graines de tournesol sans m'en proposer une. Je meurs littéralement de faim.

Il recrache à ses pieds et à grand bruit l'enveloppe des graines humide de salive.

Au bout d'un moment, elles forment un petit tas luisant.

*

Lorsque j'allais au cinéma, je ne manquais jamais d'acheter un paquet de graines de tournesol. Je les mâchouillais tout au long de la séance.

J'aimais le cinéma. Mais mes parents ne voyaient pas cette passion d'un bon œil.

David connaissait chez lui les mêmes réticences. Nous avions tout naturellement fait corps devant le tir de barrage de nos parents.

Nous formions une petite secte bien particulière. Notre dieu était le dieu cinéma. Nous profitions du moindre espace de liberté pour y courir et nous consacrer à son adoration dévote.

La difficulté, outre de mentir aux parents — nous leurs racontions des fables à tour de rôle —, était de réunir la somme nécessaire aux prix des billets.

Dans les premiers temps, l'argent de poche de la semaine suffisait à contenter notre boulimie cinématographique. Quand celle-ci était devenue plus dévorante, nous nous étions mis à voler des piécettes de vingt centimes dans les porte-monnaie de nos mères respectives.

En fait, maman disposait de nombreuses cachettes dans la maison. Elle y dissimulait ses économies personnelles. Petit Poucet, elle les semait afin de marquer le chemin de son indépendance financière.

Sans qu'elle le sût, une partie de l'argent que maman économisait servait à payer ma place de cinéma.

David et moi aimions les films pour *grands*.

C'était une réalité incontournable. Il n'y avait aucun intérêt pour nous dans les bluettes filmées qu'on destinait aux enfants de notre âge.

Même si les premiers *cartoons* américains avaient débarqué en force dans notre ville, nous préférions, et de loin, les films d'amour dont se délectaient les plus de seize ans.

Sous l'auvent, qui abritait les files d'attente, nous entendions nos aînés commenter à mi-voix les ardents baisers que s'échangeaient les acteurs et actrices.

David et moi fantasmions sur ces rapports. Nous les imaginions torrides. Nous ragions contre une loi absurde de protection des mineurs qui les tenait à distance de nos yeux avides.

Nous avions trouvé une solution à nos tourments.

Nous avions passé un accord avec un grand pour qu'il nous ouvrît la porte de la sortie de secours quand la salle était plongée dans le noir, au moment où le film défendu débutait.

Nous lui reversions le prix des billets en guise de rétribution. Il l'empochait et disparaissait.

Nous allions en catimini nous asseoir. Les fauteuils grinçaient. Nous redoutions de nous faire prendre en flagrant délit par l'ouvreuse. Par bonheur, celle-ci regagnait son coin obscur dès le début de la projection. Elle s'y empiffrait de bonbons *Krema* au goût tellement sucré qu'ils en étaient écœurants.

Nous ressortions de ces séances, David et moi, dans un état d'extrême agitation qui ne se diluait pas avant d'arriver à la maison.

Il me fallait alors inventer de nouveaux mensonges pour expliquer l'émotion et la fièvre qui m'habitaient.

Je m'isolais une demi-heure dans ma chambre. Je ruminais les images. Elles défilaient sur l'écran de mes paupières à la vitesse grand V. Elles atteignaient un tel pouvoir d'évocation que j'en oubliais de respirer. Un filet de bave lustrait mon menton.

Les choses s'étaient compliquées le jour où les risques d'attentats avaient directement visé les quartiers aisés de la ville.

Pas une semaine sans qu'on entendît quelque part une bombe exploser. Sans qu'on vît dans le lointain le panache de fumée d'une récolte qui brûlait dans les champs.

Dès lors, les occasions de se retrouver avec David s'étaient réduites à une peau de chagrin.

Une hystérie collective s'était emparée des adultes. Nous avions pour instruction de ne jamais nous aventurer seuls en ville.

Mentir ne suffisait plus, il fallait prendre des risques, ce que nous fîmes un temps.

Le dernier film que nous vîmes, était une de ces romances à l'eau de rose qui nous ensorcelaient. Le héros était d'une beauté à vous donner des complexes. L'actrice, qui en tombait amoureuse, nous tenait sous les feux de ses charmes généreux. Nous fondions dans les fauteuils — deux caramels mous en pâmoison.

David n'arrêtait pas de gigoter dans son fauteuil.

— Bon Dieu de bon sang de bonsoir.

Marmonnait-il pour lui-même, déclenchant dans notre dos des *Chut* agacés.

Enfin, nous étions sortis dans la rue les yeux hors de la tête et celle-ci perchée dans les nuages. Ah ! Ce baiser final !

— Tu crois qu'ils s'embrassent pour de vrai ?

M'avait demandé David, le son de la voix assourdi par l'émotion — la grenade avait éclaté avant d'avoir eu le temps de lui dire que j'en étais intimement convaincu.

Nous avions été soufflés par l'explosion et projetés à plat ventre sur le trottoir.

Des gens criaient. D'autres fuyaient. La sirène des pompiers n'avait pas tardé à déchirer l'air.

Cette sirène nous était familière, mais c'était la première fois qu'elle s'adressait à nous de façon aussi singulière.

David et moi nous étions retrouvés à l'hôpital, sains et saufs il est vrai, mais contraints d'expliquer à nos parents notre présence illicite devant le cinéma.

*

Les enfants coursent des merles. Les oiseaux s'envolent avant qu'ils aient eu l'occasion de s'en approcher de trop près. Ils se reposent quelques mètres plus loin, puis sautillent en attendant l'assaut suivant.

Les enfants recommencent.

En arrivant chez le maraîcher, je repère immédiatement ces gamins. Ils sont trois, vêtus de hardes qui leur battent les flancs.

Ils soulèvent sous leurs pieds nus des nuages de poussière. Ils ont entre cinq et six ans, des cheveux bouclés et luisants.

Ils sont secs. L'armature de leurs os s'imprime en relief sous la peau que l'absence de graisse tend à craquer.

Les prunelles de leurs yeux brillent d'une lumière noire. Le blanc d'œuf des globes rend cet éclairage encore plus intense.

Le maraîcher arabe arrête sa carriole à quelques pas du gourbi.

Une vieille femme, plus tannée que le plus tanné des marins bretons photographiés dans un de mes livres d'école, en sort. Les mains sur les hanches, un fichu enturbanné ceint sa tête.

Elle n'ouvre pas la bouche. Elle pose sur moi un regard amorphe, puis sur le sac à patates, sur le maraîcher, et enfin elle retourne à l'intérieur du gourbi.

Sur notre gauche, étendu sur un fil à linge entre deux poteaux en bois plantés dans le sol craquelé, flotte un haïk.

Ces pièces d'étoffes, les femmes indigènes les portent par-dessus leurs habits.

Long de cinq ou six mètres, l'haïk barre tout un pan d'horizon. Je le regarde à la fois fasciné et surpris qu'une femme pusse s'entourer d'une telle longueur sans en être accablée.

Alain donne de la voix. Il se contorsionne. Ses bras potelés brassent l'air. Les jambonneaux de ses guibolles pédalent dans le vide. Il réussit à se débarrasser de sa couche.

Son petit corps, que le soleil mord, ressort en positif sur le vert fané des choux.

Une femme, plus jeune celle-ci, apparaît.

Une belle plante, comme aurait dit papa que la silhouette féminine des autochtones rend parfois songeur.

Elle s'adresse dans son patois à mon ravisseur qui lui répond en quelques mots concis.

Papa appelait *patois* la langue du pays. Il assurait que ce peuple en apprenant le français ferait un grand bon vers la civilisation.

— La langue de Molière est une chance pour ces pauvres gens. Ils amélioreront leur race.

Disait-il avec la conviction de celui qui ne peut, ou n'avouera jamais, se tromper.

Il estimait les indigènes à la manière d'un éleveur de chevaux désireux d'améliorer la race équine — sans toutefois aller jusqu'à prôner les métissages.

En effet, papa souffrait de croiser dans la rue une femme ou un homme de *chez eux* au bras d'une femme ou d'un homme de *chez nous*.

Papa n'était pas raciste. Il était comme tout le monde.

À l'école, les natifs n'avaient pas le droit de parler leur idiome. Nos professeurs mettaient un point d'honneur à les punir quand ils les surprenaient à baragouiner leur langue arabe de sous-développés.

La femme fait le tour de la charrette.

Je ramène les jambes sous moi. Je crains de perdre le dérisoire sac à patates qui m'enveloppe et d'offrir à la vue de tous mon anatomie.

La femme arabe cueille Alain comme une fleur au printemps dans un champ de gardénias. Le soulève, le fait passer par-dessus bord et l'emporte sous le bras à la manière d'un bagage à main.

Mon frère, est-ce la chaleur humaine ou la surprise ?, cesse immédiatement ses gesticulations.

— Comment que tu t'appelles ?

Nous sommes toujours assis sur le banc de la charrette quand le vieil homme me pose à brûle-pourpoint cette question.

Le mulet piétine d'impatience. Sa queue bat sa croupe qu'une nuée de mouches voraces entreprend de butiner.

L'animal a repéré, à l'entrée du gourbi, l'abreuvoir où clapote un fond d'eau douteuse.

— Momo.

Je réponds. Le son de sa voix, son français rocailleux et son accent à couper à la hache, me font émerger de l'apathie qui insidieusement m'a envahi.

— Moi, tu m'appelleras *Imran*.

Dit-il avant de se lever, de descendre et d'aller dételer le mulet.

Imran ?

Dans sa bouche ça résonne comme un gros mot.

*

Dans le creux de chaque bras, les deux petits tètent à même la mamelle — chacun la sienne.

Les cheveux de l'un, extraordinairement frisés, d'un noir de charbon de bois, lui grignotent la nuque et le front.

Ses mains aux doigts boudinés et minuscules ont attrapé le sein. Elles le pétrissent au rythme saccadé de la succion.

Ses joues cuivrées se creusent et se gonflent à intervalles d'une régularité métronomique. Ses yeux de jais brillent d'excitation.

Des commissures de ses lèvres coulent de minces filets de lait couleur ivoire.

Il marmonne des sons bulleux qui éclatent contre le sein tendu à se rompre de la femme.

Alain, quant à lui, se charge avec conviction du gauche.

Elle sourit de béatitude. Ses dents ivoirines perlent sous ses lèvres bistres. Ses pommettes percent sous sa peau hâlée. Ses sourcils ont été redessinés d'un trait de khôl.

Elle a enduit la paume de ses mains ainsi que sa voûte plantaire d'un henné d'une couleur profonde d'ocre rouge.

Tout en nourrissant les deux bambins, elle pioche à côté d'elle dans une boîte en fibres d'aubier tressées. Elle en ramène des carrés blanchâtres et moelleux qu'elle gobe voracement.

Une fine pellicule, pareille à du talc, vient se déposer sur les têtes des suceurs de lait.

Le trio est assis dehors, sur un rondin de bois grossièrement équarri, devant un gourbi de pierres sèches ajustées les unes aux autres.

Cette espèce locale de cabane ne m'est connue que par ouie dire.

Papa m'en avait fait une description peu élogieuse et, je m'en aperçois maintenant, un peu tendancieuse :

— Le gourbi ? Va savoir où ils sont allés chercher ça. C'est un tas de pierres et de planches bancales sous lesquelles les indigènes des champs logent leurs familles. Si tu vois ce que je veux dire... Enfin... Ça tient par l'opération du Saint Esprit et du miracle réunis. Ça sent des pieds à l'intérieur et je crois qu'ils y mettent aussi leurs animaux de compagnie... enfin de compagnie... Chèvres, chats, poules, biquettes et... femmes.

La description de papa n'était pas très différente de ce que nous apprenaient les livres d'Histoire et de Géographie.

On y admirait les dessins de ces familles indigènes vivant dans des gourbis de guingois au milieu d'animaux.

Alain lâche le mamelon. S'étire. Émet un rot tonitruant qui se parachève par un jet de lait en arc de cercle.

L'autre enfant, l'indigène, continue de téter sans se préoccuper de mon frangin. J'admire son endurance et sa capacité à faire le plein.

Quand, enfin, il se détache. Sourit béatement. Et se réserve le droit de roter plus tard.

La femme indigène dépose mon frère à côté d'elle, près de la boîte aux sucreries. Elle saisit sous les aisselles l'autre marmot, le met à cheval sur son épaule rebondie et lui tapote le dos.

Pendant ce temps, Alain en profite pour explorer la boîte.

Il y glisse une main baladeuse, qui bientôt rencontre une de ces choses molles et enfarinées. Son visage exprime le bonheur de l'inventeur qui trouve.

Depuis sa naissance, Alain manifeste des dons innés de curiosité. Au fil des jours, il les développe comme un sportif améliore ses records, en s'entraînant avec ardeur et opiniâtreté.

Alain mâchonne une pâte blanchâtre quand son coéquipier de bombance éructe.

La femme indigène semble satisfaite. Ses yeux brillent d'une fierté quasi minérale. Ce sont deux émeraudes enchâssées dans le chaton de ses orbites.

Alain a terminé son complément alimentaire. La bouche gluante et l'estomac plein, il entame sa digestion.

Il passe de l'éveil au sommeil en moins de temps qu'il ne faut pour le dire. Il choit doucement sur le côté. Glisse. S'étale voluptueusement.

La femme indigène le recouvre du voile en tissu qu'elle tient à portée de sa main.

L'autre enfant s'est lui aussi endormi. Elle le cale, tête-bêche, près de mon frère et le couvre à son tour.

Elle se lève avec une agilité déconcertante pour une femme de cette envergure. Elle pèse, sans exagérer, une bonne centaine de kilos.

Sous son habit traditionnel — sorte de chemise de nuit en toile rêche et festonnée de dentelles à la ficelle, dont les motifs particulièrement compliqués s'entrelacent sans fin ni début — une houle de bourrelets joue de l'accordéon.

Je suis hypnotisé par cette femme. Sans m'en rendre compte, je ne l'ai pas quittée des yeux depuis trop longtemps.

Je suis assis à même le sol, dans cette poussière plus volatile que du sucre glace, qui colle aux vêtements sans qu'on puisse s'en dépatouiller.

La femme chaloupe jusqu'à moi. En passant, elle me gratte le sommet du crâne de la pointe acérée de ses ongles qu'elle a d'une longueur à vous écorcher vif et la peau et les nerfs.

Je n'en connais pas la raison, mais je ressens un agréable frisson dévaler le long de ma colonne vertébrale, irradier mon bassin et se perdre dans le creux de mes reins. Il explose à la manière d'un feu d'artifices un soir de Fête Nationale.

Alain et moi ne sommes pas depuis plus de deux jours dans cette famille indigène.

Au centre de nulle part, dans un paysage quasi lunaire, entourés d'animaux et d'enfants qui se coursent mutuellement, avec pour maîtres des lieux le vieux maraîcher, et une antique autochtone ridée de la tête aux pieds à l'extérieur mais aussi, et certainement, à l'intérieur.

On nous a acceptés sans réticences. Et, qui plus est, je dirai que nous sommes absorbés, au risque de nous croire de la même souche que nos hôtes.

*

Le soir, nous dînons tous assis en tailleur autour d'un grand plat commun.

Chacun pêche du bout des doigts une boulette de semoule qu'il a préalablement agglutinée. On la trempe ensuite dans une sauce rouge et piquante avant de l'enfourner dans la bouche et de longtemps la mastiquer.

Un plat de légumes baignant dans du jus — courgettes, topinambours, navets, pois chiches — accompagne la graine.

Mon principal souci est de façonner des boulettes de semoule que me doigts malhabiles ne pulvérisent pas avant qu'elles atteignent le fourneau de ma bouche.

J'appelle *fourneau* ma bouche, parce que le piment que contient la sauce rouge dépasse en proportion la quantité admise par une cuisinière soucieuse de ne pas enflammer ses invités et d'en faire des torches vivantes.

Mes cuisses sont constellées d'un mouchetis de graines desséchées. Je n'ose pas les balayer d'un revers de la main, au risque de me faire mal voir.

Alain s'amuse à quatre pattes dans un coin avec son compagnon de beuverie.

Ils tirent chacun de leur côté sur une pièce de tissu. Quand un des deux lâche prise, l'autre se retrouve sur le cul. Ce qui les amuse beaucoup et manque de les faire s'étouffer de rire.

Il y a, installés au centre du gourbi, outre Imran : la vieille indigène tannée comme le derrière d'un chimpanzé, elle veille à touiller pour que la semoule ne se dessèche pas ; la femme, qui nourrit Alain de son lait ; les trois gamins qui coursent les oiseaux, peut-être des triplés, car je ne parviens pas nettement les différencier ; et enfin un adolescent, d'environ quinze ans, maussade et renfrogné qui me regarde par en dessous chaque fois que je confectionne une boulette.

La vieille indigène se lève. Elle est imitée par la plus jeune. Elles débarrassent les plats, puis apportent en guise de dessert des fèves au coriandre.

Je déteste ça.

Chaque fois que maman en achetait une barquette pour le repas, je faisais la grimace.

Papa, lui, dévorait ces fèves par dix en faisant des bruits de bouche qui m'écœuraient.

— Tu ne sais pas ce que tu perds.

Disait-il après avoir ingurgité la bouillie de fèves qu'il venait de mâcher.

Papa avait pour principe de m'obliger à avaler ce qu'on mettait dans mon assiette. C'était pour lui une forme de savoir-vivre. Il tentait à sa façon de me l'inculquer.

— De mon temps...

Commençait-il. Et je savais ce qui allait suivre.

— De mon temps, on n'avait pas la chance que tu as. Imagine-toi... Je te parle du temps de la guerre, la dernière, la mondiale. Oui, imagine-toi qu'on faisait sécher des peaux de bananes et qu'on les mangeait telles que. On n'avait pas le choix. Non pas le choix... Alors toi, qui es un privilégié.. Tu en as conscience au moins ? Toi, tu vas me faire le plaisir de manger ces fèves.

Papa joignait le geste à la parole. Il rallongeait d'une cuillère le contenu de mon assiette et me regardait droit dans les yeux.

J'exécutais la sentence. À force de nausées et de déglutitions laborieuses, j'avalais fève sur fève.

J'avais l'impression d'ingurgiter des pierres, une carrière entière de pierres que je noyais sous une avalanche de verres d'eau, au risque de déclencher une crue dans mon estomac.

— Eh bien, tu vois ! C'était rien.

Me félicitait papa une fois mon supplice achevé. Il laissait passer deux ou trois secondes avant d'ajouter, taquin :

— Tu en veux d'autres ?

Mais là — dans le giron de cette famille qui observe chacun de mes gestes et menace, j'en suis certain et j'en serre les fesses de peur, de me sauter dessus au moindre faux pas pour me trucider bien comme il faut —, j'avale sans une plainte les fèves au coriandre.

— C'est bon.

Dis-je dans un excès d'hypocrite léchage de babouches.

Imran traduit dans sa langue natale à la vieille femme. Celle-ci offre à ma contemplation et en guise de sourire, deux gencives édentées et ourlées d'une fine peau translucide.

Le dîner s'achève sans une parole supplémentaire.

L'adolescent rêve, il a croisé les bras sur son ventre.

Les enfants, que je n'appellerai plus par la suite que *Lestriplés,* se sont éteints tout naturellement. Ils se sont endormis. Des grains blonds picorent le fin duvet de leurs lèvres supérieures.

La femme, elle s'appelle Rafika, a défouraillé ses deux seins opulents. Dans un mimétisme de frère siamois, Alain et son alter ego indigène se sont précipités vers elle à quatre pattes. Le ravitaillement en vol a immédiatement débuté.

La nuit a fait son apparition. Elle tente de pénétrer à l'intérieur du gourbi par la porte de guingois qui est restée ouverte.

Imran se lève. Il prend une coupelle, remplie d'un liquide visqueux et olivâtre, sur un meuble semblable à une commode qui aurait dévalé cinq étages en surfant sur ses tiroirs.

Il la pose au centre du cercle que nous formons avant d'allumer la mèche.

Une lumière pâlotte combat les ténèbres. C'est une bataille que je ne juge pas gagnée d'avance.

Une fumée grise, presque noire, s'en dégage et alourdit l'atmosphère. Une odeur de roussi agace mes narines.

J'éternue.

— Viens !

Dit Imran en me saisissant par le bras. Il m'entraîne à sa suite et nous sortons.

— Suis-moi.

Ordonne-t-il une fois dehors, avant de me lâcher le bras.

J'ai un pincement au cœur.

Je me demande si ces gens ont pour coutume de trucider leurs otages après les avoir gavés de semoule et de fèves au coriandre.

*

Quelques jours après le début du soulèvement, papa et moi étions descendus sur le port.

— Il faut qu'on parle.

M'avait-il mystérieusement dit. Il avait ce faux air de conspirateur que je lui connaissais quand quelque chose ne tournait pas rond.

En principe, dans ces cas-là, maman et lui s'isolaient. Des conciliabules avaient lieu à l'écart des oreilles indiscrètes. J'en étais réduit à me démancher le cou pour espérer saisir au vol quelques bribes de leur conversation.

Ces phrases tronquées m'inquiétaient quand elles contenaient — amputées de l'essentiel et simplifiées en aphorismes incompréhensibles —, mon prénom.

Cette fois-ci, je me retrouvais en première ligne avec mon père.

Maman nous avait regardés partir d'un œil intrigué, mais n'avait pas moufté.

Papa me tenait la main. Nous descendions l'avenue en direction du port. Je n'aimais pas ça, qu'il me tienne la main. Je n'étais plus un bébé.

Je tentais de la retirer. Son étreinte était alors devenue plus forte. Elle m'emprisonnait dans son étau.

Papa était soucieux. Sa démarche, habituellement si souple, était d'une raideur quasi militaire.

Il ne parlait pas. Nous croisions de nombreux indigènes, mais peu de compatriotes.

Le mois de janvier touchait à sa fin. Le fond de l'air était plutôt frais. Une écharpe en laine tricotée par maman entourait mon cou. Mon manteau d'hiver remontait au-dessus de mes genoux. J'avais grandi de cinq centimètres à l'automne dernier, à contre-courant de la saison.

Nous avions enfin débouché sur le port.

Un gigantesque bateau de transport de marchandises était à quai. Des dockers déchargeaient des caisses. Ils les portaient avec une facilité déconcertante sur leurs épaules de gladiateurs.

La mer étale, d'une teinte bleu pétrole, vibrait de reflets argentins qui ricochaient sur la coque du bateau.

— Viens, nous serons mieux ici.

Avait dit papa. Il m'avait devancé vers ce qu'on appelait le banc des menteurs.

Un banc sur lequel les pêcheurs du port s'asseyaient et racontaient leurs histoires de marins.

Souvent exagérées, elles unissaient dans un même souci de gloriole et de fanfaronnade les poissons les plus gros, les risques les plus grands et les actes les plus héroïques du narrateur.

Le banc des menteurs était réputé dans toute la ville. À certaines heures, on le savait réservé aux seuls pêcheurs et à leurs galéjades.

Nous étions assis côte à côte, papa et moi. Mon père me dépassait de deux bonnes têtes.

Je sentais le froid se propager à mes fesses à travers mon pantalon et mon manteau.

Papa avait contemplé quelques minutes la mer, sans parler ni éprouver le besoin de me faire partager son admiration.

Il me tenait toujours la main. Je trouvais ça un tantinet gênant.

— Tu es un homme maintenant, Momo.

C'était la première fois que papa me traitait d'homme.

J'avais suivi au rythme des ans l'avancement habituel. J'étais passé par : un *garçon*, un *grand garçon*, un *grand*, un *petit bonhomme* et enfin *un grand bonhomme*.

Soudain et sans prévenir, j'accédais au grade d'*homme*. Celui qui peut-être me dispenserait d'un tas de corvées. Celui qui faisait de moi presque l'égal de mon père. Celui qui précédait de quelques années l'apogée de ma carrière : *un homme responsable*.

Je n'avais pas relevé. Je me contentais de hocher la tête à la manière, me semblait-il, la plus appropriée à ma nouvelle condition.

— Tu sais ce qu'il y a au-delà de cette mer ?

Je trouvais cette question particulièrement sotte. Maintenant que j'étais un homme, je m'attendais à plus de considération.

Je savais, bien sûr, ce qu'il y avait au bout de la mer : la terre. Mais je pressentais que cette réponse était insuffisante.

Je me creusais la tête, à la recherche d'une solution plus performante.

— La France !

Avais-je dit, fier comme une sardine à l'huile.

— Oui. Mais…

Avait commencé papa. Il était animé d'une étrange fébrilité. La main qui enserrait la mienne était devenue moite.

— La Patrie, Momo. La Patrie !

S'était-il exalté.

Tout son être se tendait vers cette Patrie qu'il voyait par delà la mer et que je n'apercevais qu'au filtre des leçons d'instruction civique qu'on nous dispensait à l'école.

En résumé, la Patrie c'était : la Mère nourricière, le Droit du sol, l'Amour de la France, le Devoir d'en être digne et de la défendre.

Ces derniers temps, on insistait surtout sur la défense de la Patrie. Cette défense s'était un jour matérialisée par l'arrivée de soldats.

Que pouvaient bien défendre ces grands adolescents à peine barbichus qui se saoulaient le soir plus souvent qu'à leur tour ?

Je les observais de la fenêtre de ma chambre à la nuit tombée.

Ils déambulaient dans les rues, ivres ou même simplement éméchés. Ils chantaient des chansons grivoises. Balançaient contre les murs des bouteilles de bière vides.

Franchement, je ne pensais pas que la Patrie pût être défendue par ces olibrius. Conviction raffermie, quand j'avais appris qu'ils n'étaient pas de chez nous mais venaient par bateaux de la métropole.

Que comprenaient-ils aux habitants d'ici ?

Amenaient-ils dans leurs bagages cette Patrie que moi et de nombreux copains abordions sous l'angle des devoirs à apprendre ?

— La Patrie, vois-tu Momo, c'est ce que nous défendons ici. Parce qu'ici c'est aussi, c'est même surtout, la Patrie.

Avait dit mon père. Plus obscur que ça, il n'y avait qu'un tunnel bouché des deux côtés pour l'être.

En tant qu'homme nouveau en pleine possession de ses moyens, j'avais derechef hoché la tête en signe d'assentiment muet.

— C'est bien que tu comprennes ça, Momo...

M'avait félicité papa. Puis il s'était abîmé dans des explications alambiquées.

J'écoutais de mon mieux.

Il était question de danger, d'exil, de départ, de mort et d'oubli. Papa voulait que je sois prêt. Il désirait faire de moi un guetteur. C'est le mot qu'il avait employé — *guetteur*.

C'est aussi ce mot qui m'avait fait lâcher prise.

Sa force d'évocation m'avait entraîné en haut d'une vigie sur un galion pirate voguant sur des mers infestées de requins mangeurs d'hommes.

Les malabars qui déchargeaient les caisses sur le port, s'étaient mués en corsaires obéissant à mes ordres. Ces forbans et moi montions à l'assaut d'une Patrie lointaine que nous venions d'atteindre après un voyage plus périlleux que celui d'Ulysse — mais sans Pénélope, qui pour moi ralentissait l'épopée et apportait un je-ne-sais-quoi de nunuche que je n'étais pas encore en âge d'apprécier.

Le banc des menteurs avait déteint sur moi.

— Je vais te dire quelque chose de grave, Momo…

J'étais sorti de ma rêverie tel un noyé qui aspire goulûment l'air après avoir refait surface.

— Si jamais il m'arrivait quelque chose, tu dois t'occuper de maman et de ton petit frère. Tu m'entends ? Tu es un homme maintenant.

Je crois que tu as les épaules assez larges pour ça.

Avait dit papa, lentement, comme s'il récitait un psaume du dimanche matin à l'église.

Je me demandais comment il en était arrivé à cette conclusion des plus étranges. Je n'avais pas suivi son raisonnement ni sa démonstration.

Oui, j'étais un homme, mais de là prendre la place de mon père, il y avait un seuil que je n'avais pas encore franchi.

Seulement, *je n'étais qu'un homme*, avec ses faiblesses et ses craintes.

— Oui, papa.

L'avais-je assuré pour ne pas le contrarier, mais aussi pour me libérer de son regard intense qui pesait atrocement sur moi.

Il avait eu un sourire énigmatique. Il s'était tu et avait fixé le miroitement de l'eau, comme si la réponse à une question qui le torturait se trouvait là.

— On rentre !

Avait tranché papa, un peu trop gaiement pour être honnête. Il s'était levé et je l'avais suivi.

Cette fois, il ne me tenait plus la main.

Tout au long du chemin du retour, je me triturais l'esprit afin de savoir si j'avais eu raison. Si dire oui à mon père n'avait pas été le plus simple moyen d'échapper à mon devoir.

Les jours qui avaient suivi notre petite explication portuaire avec papa, maman m'avait considéré d'un drôle d'air.

Elle me parlait en prenant des pincettes. N'exigeait plus de moi que je mette la table ou que je la débarrasse. Me laissait jouer, et même rêvasser, sans trouver à redire. Ne me pressait plus le matin, encore moins le soir.

Le statut d'homme avait du bon.

Un début de journée pareil à tant d'autres, papa était parti tôt à son travail. Par la fenêtre de ma chambre, je l'avais vu descendre l'avenue et disparaître dans la rue transversale.

Dans le ciel, des frégates, ces grands oiseaux noirs à bec crochu, voltigeaient en dessinant de larges virages.

Ces planeurs silencieux déployaient leurs ailes et profitaient des courants ascendants pour jouer à l'ascenseur.

J'étais fasciné par leur majestueuse ampleur. Dans mes rêves, je volais à côté d'elles. Nous survolions des mers à l'horizon infini que nous avalions en quelques battements.

Alain dormait. Maman et moi venions de terminer le repas. J'avais eu droit en dessert à des tuiles au miel. Des gâteaux qui étaient habituellement réservés pour les grandes occasions.

J'avais un peu mal à la gorge et, avant de me coucher, maman m'avait fait prendre deux cuillerées de sirop d'eucalyptus.

Papa n'était toujours papa rentré. Ça me chiffonnait.

— Où est papa, maman ?

L'avais-je questionnée à l'instant ou elle allait appuyer sur l'interrupteur pour éteindre la lumière et sortir de ma chambre.

Elle s'était retournée vers moi. Mon Dieu ! qu'elle était belle maman dans sa robe de chambre bleu cyan, ses cheveux défaits à cheval sur ses épaules.

— Il est parti avec des amis, mon chéri. Il rentrera demain ou après-demain.

Avait-elle répondu sans s'appesantir. Je sentais confusément que ma question l'embêtait.

— Tu en as parlé l'autre fois au port avec ton père. Tu es un homme, mon chéri. Alors, en l'absence de papa, dis-moi que je peux compter sur toi.

Elle me regardait. Dans ses yeux je vis naître des larmes qu'elle tenta de boire d'un clignement des paupières.

— Bien sûr, maman.

M'étais-je empressé de la rassurer. Elle avait souri.

— Parfait.

C'était dit trop fermement pour ne pas dissimuler un désarroi qui m'atteignit en plein cœur.

— Mais que fait papa ?

Avais-je insisté.

— Son devoir.

Elle avait murmuré sa réponse en même temps qu'elle éteignait et fermait derrière elle la porte de ma chambre.

J'avais cru l'entendre répéter « son devoir » dans le couloir, avant que le bruissement de ses pas feutrés sur la moquette ne s'éloignent pour ne plus devenir qu'un souvenir et un regret.

Papa avait réapparu une semaine plus tard, sale, amaigri et les yeux rougis par le manque de sommeil.

Dans l'entrée, il avait suspendu sa parka froissée à la patère.

De mon point d'observation sur le seuil du salon, j'avais curieusement pensé que la guerre était là debout au fond du couloir.

*

La nuit nous enveloppe.

Imran marche devant moi. Nous descendons la langue de terre en espalier qui mène à l'oued.

Cet oued irrigue les cultures du maraîcher. C'est magique de passer de la désolation d'une terre assoiffée par le soleil à une terre grasse et humide.

Le vieil indigène a creusé des canaux. De l'oued vers les plantations, ils bassinent le sol fraîchement retourné et planté de légumes.

Un peu plus loin, de l'autre côté du cours d'eau, s'étend un grand verger de figuiers, de grenadiers et autres espèces d'arbres fruitiers. Malgré l'obscurité je parviens à distinguer les formes immobiles des arbres et des arbustes.

L'odeur de la terre, mêlée à celle de la nuit, m'enivre. La ville n'offre pas une telle diversité de parfums. À la fois lourds et subtils, ils me transportent dans un tourbillon de senteurs à la frontière de la puanteur.

La terre devenue collante suce mes sandales. Elles se détachent souvent de mes pieds et il me faut me plier en deux pour les repêcher.

Nous cheminons le long d'un carré d'aubergines, puis nous tournons à droite vers un carré des piments rouges.

— Là.

Dit le vieil homme.

Il s'installe sur une pierre plate en forme d'entonnoir. Je l'imite. Nous restons assis l'un à côté de l'autre, silencieux.

J'entends ruisseler. En juillet, l'oued n'est plus qu'un ru. Dans la journée, l'eau n'a d'autre solution que de s'évaporer. Le soir, elle revit dans les pierrailles qui lui sert de lit.

— Lève la tête.

Imran accompagne son injonction d'un coup de coude qui me surprend.

Je lève la tête.

Le ciel est d'un noir qui tire sur le violet. Un peintre cosmique l'a brossé d'un trait de pinceau en arc de cercle.

— Vois les étoiles.

C'est davantage un ordre qu'une invitation. Imran a renversé la tête en arrière. Il scrute le firmament. Les yeux plissés, il semble vouloir le pénétrer.

— Regarde !

S'écrie-t-il soudain.

À une vitesse incroyable, une étoile filante passe sous nos yeux. Elle décrit une courbe spectaculaire. Elle signe sa fuite traversière, et dans le ciel et sur notre rétine, d'une empreinte lumineuse.

— Les étoiles c'est nous, moi et mon peuple. L'étoile filante, c'est vous, toi et ton peuple.

Murmure le vieux maraîcher.

— Écoute bien. Vous, les tiens, vous ne faites que passer. Depuis le début. Nous le savions. Il n'y a que vous qui l'ignoriez.

Je l'écoute. Je ne dis pas que je le comprends, mais je me concentre sur ses paroles.

Imran marque une pause. Nous regardons de concert la voûte céleste. Les muscles de mon cou finissent par me tirailler douloureusement.

Une nouvelle étoile filante découpe le ciel en deux avant de disparaître à l'ouest.

— Encore une !

Dis-je, heureux de l'avoir vue avant le maraîcher.

— Encore une, oui… Mais elle a disparu, tout comme l'autre.

Je suis déçu qu'il parle de disparition là où moi je vois une apparition.

Il reprend, sans me laisser le temps d'examiner nos deux conceptions opposées :

— Écoute, Momo. Il y a un moment où les hommes, c'est comme les étoiles filantes. Ça passe. Et ce moment est arrivé. Les hommes comme toi et tes parents, ils doivent partir, filer vers l'occident et laisser les autres étoiles suivrent la courbe de leur destinée…

Imran parle doucement. Son fort accent et son français hésitant ne sont pas un handicap. Ils matérialisent pour moi — alors que je commence à saisir plus ou moins ce qu'il cherche me dire — tous ces gens avec qui j'ai vécu jusque là, sans jamais les considérer vraiment comme des êtres humains.

Ils sont dans ma vie des sortes de curiosités locales avec lesquelles je vivais en bonne harmonie.

Papa parlait toujours d'eux avec condescendance. Il disait souvent que sans nous, ils seraient pires que des animaux. Il n'y avait qu'à voir comment ils vivaient, de quelle misère ils se contentaient.

Papa pensait que nous aurions beaucoup de difficultés à les civiliser.

Il regrettait parfois de devoir les supporter à longueur de temps. Quand il rentrait fatigué du travail, énervé par sa journée, il lui arrivait de se plaindre qu'il ne pouvait pas faire un pas sans tomber sur *ceux-là*.

Papa m'avait un jour expliqué qu'ils n'étaient pas comme nous. J'avais demandé pourquoi. Sa réponse avait été indiscutable, évidente : « Mais tu n'as qu'à les regarder, voyons ! »

— Tu sais, Momo... Parfois, les hommes, ils deviennent fous. Pas comme les étoiles. Les hommes, après tant d'années de souffrances et de haines, eh bien... les hommes, ils deviennent comme des bêtes blessées. Ils deviennent de véritables enragés...

C'est presque une excuse dans la bouche d'Imran.

Un jour, dans la rue, alors que les bombes explosaient un peu partout en ville, j'avais vu un *enragé*.

Un monsieur correctement habillé s'était approché d'un Arabe. Il avait sorti de sa poche une arme. Il avait tiré sur lui. La victime était tombée à genoux avant de s'étaler de tout son long sur le trottoir.

Maman, qui était avec moi, m'avait attrapé par la main. Elle m'avait entraîné derrière elle au pas de course.

Rentrée à la maison, elle m'avait pris dans ses bras. Elle avait tenté une explication :

— Les hommes sont trop souvent cruels, Momo. Il ne faut pas que tu deviennes comme eux.

Le soir papa commentait l'incident à sa façon : « À la guerre comme à la guerre. »

Maman lui avait fait les gros yeux. Plus tard, je les avais entendus se disputer dans leur chambre.

— Les miens, Momo, ils sont devenus fous. Ce matin, en ville, tu as vu. Tu as vu les tiens. Je ne pouvais pas... Je ne pouvais pas te laisser dans la rue, comme ça. Tu vois, Momo... Ils t'auraient emmené avec eux. Et où serais-tu maintenant ?

Imran secoue la tête.

— Inutile que tu le saches…

Je comprends. Imran me parle de la rafle.

Les rafles, avant, ne se produisaient que dans un sens. Papa disait par exemple : « Les militaires, ils en ont raflé une dizaine dans le Village Nègre. »

Papa et ses amis appellent le *Village Nègre*, la partie de la ville réservée aux indigènes. Nous n'y allons jamais. C'est le *no man's land*, un périmètre défendu aux enfants comme moi.

Il m'arrivait ces derniers temps de croiser dans la rue des militaires. Ils encadraient souvent un groupe d'indigènes les mains sur la tête en route vers une destination inconnue.

Si je posais la question à papa de savoir où ils les emmenaient, il répondait avec un petit sourire en coin : « Là où on les bichonnera. »

— Tu vas rester avec nous en attendant que ça se calme. C'est pas que ça me fait plaisir de vous avoir ici, toi et ton frère. C'est pas non plus les risques qui me font peur. Va pas croire. Non… C'est d'avoir deux autres bouches à nourrir qui m'embête. On a pas tant qu'on peut se permettre…

Dit Imran. Il a laissé ses bras pendre le long de son corps.

Nous ne nous intéressons plus au ciel. Nous scrutons la nuit noire, droit devant nous.

La fraîcheur nocturne conjuguée à la terre encore chaude a favorisé la naissance d'une écharpe laiteuse de brume. Elle rase le sol. Entoure nos chevilles. Tente de grimper le long de nos mollets.

— Tu vas nous donner un coup de main. Tu vas travailler avec nous. Ça t'aidera à passer le temps. Et ça payera ton séjour. Mais je t'oblige pas, remarque...

Me prévient Imran. Il laisse sa phrase en suspend. Se lève.

Il signifie ainsi que les explications sont terminées. Il est l'heure d'aller se coucher.

— Mais papa ! Maman !

Je crie. Ma voix se réverbère en écho autour de nous. Elle me fait peur. Je me bouche les oreilles pour ne plus l'entendre.

Le vieil indigène se frotte le menton. Je le sens embarrassé. Il ne sait pas quoi me répondre.

Des larmes coulent sur mes joues. Je renifle.

J'ai soudain eu la vision de mes parents dans la file des gens qu'on conduisait je ne sais où.

Les *bichonnerait*-on ? Quand vais-je les revoir ? Sont-ils à l'abri ? Hors de danger ?

Mes pleurs redoublent. Je suis resté assis, dans l'impossibilité de me redresser, les pattes coupées.

Imran se penche sur moi. Je sens la paume de sa main calleuse se poser sur mon épaule. Il reste un instant dans cette position. Il cherche visiblement ses mots.

Quand enfin il parle, la chaleur de son haleine accompagne ses paroles :

— Ne t'en fais pas, petit. Je suis sûr que tes parents vont bien. On verra ce qu'on peut faire pour eux. Plus tard... Allez, viens maintenant... Tu vas prendre froid.

Il m'empoigne. Me soulève sans me laisser le choix.

Nous rentrons à pas lents, l'un derrière l'autre. Lui devant. Il marmonne. C'est comme une prière dans la nuit. Moi derrière. Je pleurniche sans pouvoir me contrôler.

Pour la première fois de la soirée, le vieil indigène m'a menti. Il le sait et je le sais. Mais ça n'a aucune importance.

Mes parents me manquent.

Dans cette nuit où les étoiles refusent de devenir folles, je pense à la destinée de leurs petites sœurs filantes. Toutes ont disparu.

*

Rafika prend soin d'Alain sans faire de différences avec son propre enfant.

Elle ne sépare jamais son plus jeune fils de mon frère. Elle les porte, les nourrit et les baigne dans la même eau.

Pour Alain, je n'existe plus. À croire qu'il n'a pas d'autres parents que cette femme à qui il tète avidement le sein. J'en viens à le jalouser.

Heureusement, avec le travail que j'accomplis maintenant pour le maraîcher, je n'ai pas le temps de ruminer mon dépit.

Nous sommes trois, le matin tôt, dès que l'aube naissante nimbe l'horizon de ses reflets pastel — des lambeaux de barbe à papa qui s'étirent à l'infini dans le ciel —, à descendre jusqu'à l'oued.

Imran marche en éclaireur. Il ouvre le chemin. Il nous invite par ses grognements à ne pas perdre une minute. Il est toujours pressé d'aller se casser les reins au potager.

L'adolescent le suit à une encablure. Il s'appelle Zakaria. Il parle peu. Il me considère comme si j'étais un animal insolite. Il se méfie de moi. Garde ses distances.

Ses mollets de coq, aussi durs que de la pierre, lui permettent de rebondir sur le chemin en pente et d'éviter les pièges des ornières — une vraie sauterelle ce garçon-là.

Je clos la file. Traîne des pieds. Bâille à m'en décrocher les mandibules. Et surtout, mes pensées me ramènent toutes vers mes parents.

La nuit je me réveille en sursaut, hagard, ne sachant plus où je suis. Maman m'est apparue en rêve. Ou bien c'est papa, qui me demande ce que je fais chez ces *nègres*.

Imran m'a assuré que nous irions ensemble au marché en fin de semaine. Nous chercherons mes parents.

Il a promis de m'aider.

— De toute façon, je vais pas vous garder une éternité.

A-il dit.

Nous cessons de travailler avant les grandes chaleurs de la journée. Quand le soleil cuit la peau et la cervelle. Nous reprenons le soir, à la fraîche et jusqu'à la tombée de la nuit, même parfois après.

Je possède à ma grande stupéfaction un nombre conséquent de muscles dont je n'avais pas encore soupçonné l'existence.

Ces muscles se rappellent à moi durant la nuit. Ils m'arrachent des cris de douleurs. Crampes et courbatures sont devenues mon quotidien.

Pour soulager mes maux, Imran me donne à croquer des cristaux de sel. Les crampes s'estompent en même temps que ma langue enfle. La soif s'installe. L'eau est comptée ici, le peu auquel j'ai droit n'épanche pas ma pépie.

C'est entre l'activité du matin et celle du soir, dans ce laps de temps où nous sommes censés récupérer, que je fais plus ample connaissance avec mes hôtes.

*

Un détail a son importance : il n'y a pas de toilettes à l'intérieur.

La première fois que je suis la proie d'une envie pressante, j'explore du regard le gourbi — pas de toilettes. Pas un rideau. Rien.

La vieille indigène a compris. Elle m'indique d'un geste du menton la porte.

La porte ?

Un instant je me demande s'il faut que j'urine contre la porte. Si c'était dans l'ordre du possible qu'on se soulage à cet endroit-là.

Papa disait que ces créatures étaient dégoûtantes. Elles saignaient les bêtes dans leurs maisons, faisaient leurs besoins là où elles se trouvaient et ne se lavaient quasiment jamais.

Sans compter le reste, sur lequel mon père laissait planer un doute. Raison pour laquelle ce *reste* devint pour moi légendaire et teinté d'un inavouable mystère.

Maman se pinçait le nez entre le pouce et l'index. Elle sifflait un « *Pouah !* » nasillard de canard enrhumé. Nous riions beaucoup.

J'aimais voir mes parents d'une humeur joyeuse. Ces séances de franche rigolade nous offraient l'occasion de nous aimer davantage.

Papa me tapait sur l'épaule.

— C'est comique, Momo, mais c'est la stricte vérité.

Disait-il en s'essuyant les larmes de rire qui lui dégringolaient sur les pommettes.

Mon besoin urgentissime presse, et pas qu'un peu. Je n'ai pas envie de me faire dessus devant tous ces étrangers.

Zakaria m'attrape par le coude. Il me force à l'accompagner dehors et conduit un peu à l'écart, près d'un vieux dattier rabougri dont les palmes déchoient pitoyablement.

Il s'accroupit.

Je le considère de haut, ne sachant comment interpréter son attitude.

— T'attends quoi ?

Demande-t-il, et il avait relevé sa gandoura sur ses genoux.

Une seconde après, le filet d'un liquide sombre et sinueux apparaît entre ses jambes.

Zakaria fait pipi.

Pour tout l'or du monde, je ne l'imiterais. Seules les filles pratiquent de la sorte. J'attends qu'il se relève.

Zakaria se redresse en dandinant du derrière. Il hausse les épaules avant d'épousseter la poussière sur le bas de sa gandoura.

Entre ses jambes, la petite mare sèche déjà.

Il part en me tirant la langue. Ma vessie prête à éclater m'empêche de lui rendre la politesse.

*

Le lendemain, j'essaie à mon tour.

En vérité, cela me semble être une expérience à vivre.

Je me vois déjà dans quelques années raconter à mes petits-enfants qu'autrefois, dans un pays primitif, à un moment terrible de notre Histoire, au risque de perdre ma dignité et même ma vie, j'ai uriné accroupi sous un palmier éreinté par des millénaires de soulagements autochtones.

Pour l'heure, j'attends d'avoir envie.

Je suis dans le carré des aubergines. Zakaria bêche derrière moi un lopin de fèves. Imran ausculte les fruitiers dans le verger.

Zakaria travaille vite et bien. Je besogne à ma mesure. C'est à dire n'importe comment. À la façon de ces citadins qui cultivent un bout de terrain le week-end en amateur, juste pour le plaisir de prendre des coups de soleil et de récolter des haricots arthritiques et des tomates anémiées.

Je n'ai pas encore réussi à *attraper le coup*. La terre est trop basse.

L'envie me vient subitement alors que j'arrache une mauvaise herbe qui me scie les doigts. Je me redresse vivement. Je cours.

Sur place — à un endroit que je pense abrité des regards indiscrets —, je retrousse mon antique chemise longue prêtée par la vieille indigène pour les travaux des champs.

Je m'accroupis dans les règles de l'art.

Le problème chez les garçons, c'est que dans cette position nos parties intimes pendouillent entre nos cuisses. Raison pour laquelle, les gens civilisés, comme mon père et moi, ne pratiquons pas la chose ainsi, mais debout.

Zakaria m'a suivi. Je ne l'ai pas entendu s'approcher. Je suis toute concentration et application.

Alors que j'engage ma petite affaire, Zakaria glisse sous « mes jupes » une grosse salamandre jaune et noire.

Je fais un bond lorsque la bête apparaît, flegmatique, entre mes deux pieds.

Zakaria, aux anges, rit à s'en éclater les boyaux.

Je mouille mon habit et dépense en une seule fois tous les gros mots que je connais — et ceux que j'ignore aussi.

La salamandre disparaît sous une roche plate.

*

La veille Arabe — je n'ai jamais su son nom ni si elle était l'épouse d'Imran —, ne parle pas le français.

Elle postillonne une langue sommaire, articulée autour de mots qui reviennent sans cesse au détour d'une phrase.

Par exemple, le très utilisé : « *Oumpphheu* », sorte de ponctuation labiale dont elle use à l'envi.

Nos rapports se bornent à des échanges de signaux cabalistiques. Ils vont du bref coup de menton au moulinet des bras, en passant par toute une série de grimaces codées dont elle a le secret. Secret qu'elle ne daigne pas partager avec moi. Conséquence, nous ne nous comprenons qu'à demi-mot — et muet encore.

Elle passe la plus grande partie de sa journée à l'intérieur du gourbi. Elle prépare les repas. S'occupe du linge. Des triplés quand ils multiplient les sottises et la poussent hors de ses gonds.

Le soir, après le dîner, elle s'assoit en tailleur. Elle coince un drôle de rouet miniature entre son gros orteil et le pouce de sa main gauche. Elle file la laine de mouton qu'elle a déposé en vrac à côté d'elle.

Cette occupation lui procure un plaisir singulier qu'elle augmente en chiquant des feuilles de chanvre fraîches.

Elle les a préalablement arrangées en tas dans son giron. Elle butine au fur et à mesure de ses besoins. Elle crache le produit de sa mastication dans une coupelle, juste devant elle.

Elle travaille, chique, crache, travaille, chique, crache, travaille, chique, crache et ainsi de suite.

Au bout d'un moment, le maraîcher se lève. Il éloigne du pied la coupelle. D'un mètre environ.

La vieille le regarde faire. Ne bronche pas. Elle remplit sa bouche d'une nouvelle pincée de feuilles de chanvre. Ses gencives édentées se mettent aussitôt en action. À la façon d'un chameau, elle mastique, mastique, mastique.

Dix minutes s'écoulent en ruminations et salivations expertes. Enfin, elle crache. Le jet décrit une courbe parfaite et termine sa course en plein milieu de la coupelle — droit au but.

Imran semble indifférent. Tout juste s'il la regarde de travers. Il ne bouge pas d'un millimètre. La vieille sourit — heureuse.

Une poignée de minutes encore et le vieil indigène se lève. Va déplacer la coupelle d'un mètre supplémentaire. Revient s'asseoir, plus guindé que jamais.

Ce petit manège se reproduit à l'identique toute la soirée. La coupelle finit par atterrir contre le mur, à dix pas. La vieille ne rate jamais sa cible.

Imran part alors se coucher en bougonnant. La vieille pouffe, victorieuse. Durant une bonne partie de la nuit on peut l'entendre cracher dans la coupelle.

*

Lestriplés vivent en meute. Ils ne se séparent jamais. Dorment dans la même couche. Se lavent dans le même bac. Et, surtout, jouent toute la journée sans départir.

Il est impossible pour moi de les distinguer autrement que par les habits qu'ils portent. Et encore se les échangent-ils d'un jour sur l'autre sans se préoccuper de qui les a eus sur le dos la veille.

Lestriplés sont de fameux chasseurs. Ils ramènent quotidiennement une multitude de lézards, de campagnols et autres rongeurs qu'ils piègent je ne sais pas comment.

Les lézards, ils les dépècent scientifiquement. Ils les ouvrent de haut en bas à l'aide d'un silex qu'ils taillent sur place. Ils écartent les lèvres de la plaie à l'aide d'un bâtonnet avant de les mettre à sécher en plein soleil. Certains jours, une quinzaine de lézards agonisent en se trémoussant dans la poussière.

— Il faut te méfier des indigènes, Momo. Ce sont des sauvages cruels et sournois qui plus est.

M'avait prévenu papa. Les agissements des gamins semblent corroborer ses dires.

La seule cruauté que je me suis autorisée jusqu'à ce jour, consiste à dégommer des fourmis à l'élastique. Occupation gentillette au regard des pratiques sanguinaires auxquelles s'adonnent *Lestriplés*.

Les campagnols capturés sont l'objet d'un destin plus ludique.

Lestriplés ligotent les pattes d'un des rats des champs et le déposent devant une pierre qu'ils ont repérée un peu plus tôt. Ensuite, ils filent se cacher à bonne distance.

Peu de temps après, un serpent sort la tête de sous la pierre. Sa langue fourchue scrute l'air. Il rampe. S'avance à découvert. Et soudain fond sur le campagnol. L'alpague. Décroche ses mâchoires et commence à le gober.

Lestriplés sont aussi de redoutables chercheurs de roses des sables et de pierres de lune.

Un soir, sous le tissu râpé qui me sert de couverture, je trouve une rose des sables.

Dans leur coin, *Lestriplés* me guettent. Je fais un geste de la main pour les remercier, mais ils font ceux qui dorment

Je crois qu'ils m'aiment bien.

*

Rafika n'est pas ce qu'on appelle vulgairement une grosse, non. Elle est plus naturellement grassouillette. Dans le sens où elle cultive sa chair et lui porte une attention constante.

Elle est à mille lieux des amies de maman qui frémissent d'angoisse à l'idée de prendre un kilo sur les hanches. À la maison, ce n'est que recettes pour maigrir et conseils pour garder la ligne.

Les jupes droites ne permettent aucun relâchement diététique. Les mères qui gravitent autour de la mienne mettent un point d'honneur à ressembler à des anchois déshydratés.

Rafika, les kilos, elle, elle les entretient — avec fierté.

Sa principale occupation est de d'alimenter quatre fois par jour Alain et son fils. Je suis averti de la seconde exacte où la tétée commence : Rafika glousse.

Rafika est la reine du gloussement, l'impératrice du you-you, la duchesse de la vocalise.

Ça part du ventre. Ondule jusque dans la gorge. Tel un raz-de-marée, ça déferle. Enfle. Avant de sortir en vagues successives entre ses lèvres charnues qui papillonnent de bonheur.

J'adore ça. Oh oui ! j'adore ça.

Je grelotte d'émotion sous l'averse de ses gloussements. À part moi, j'en redemande — encore et encore et encore.

De même qu'il n'y a pas d'heure où Rafika ne prend pas soin de son imposante personne.

Le henné d'abord, qu'elle tartine sur les paumes de ses mains et sur la plante de ses pieds. Les huiles ensuite, dont elle s'oigne le corps entier.

À la maison, dans la salle de bain, j'avais pris l'habitude de renifler les pots de crème de maman.

Il y en avait bien une dizaine, alignés sur une tablette sous la glace. Chacun aurait dû sentir une fragrance particulière. Mais à bien y coller ses narines tous se ressemblaient.

Les huiles de Rafika, elles, embaument. Marcher dans son sillage revient à respirer les parfums que j'imagine être ceux du paradis.

Je n'ai pas honte de dire que Rafika est mon premier amour. Elle est aussi la première femme qui m'a dévoilé ses seins.

Maman est pudique. Je ne me souviens pas avoir eu l'occasion d'admirer la poitrine de ma mère. Une serviette, un soutien-gorge ou un vêtement quelconque dissimule toujours cette partie-là.

Maman est un être asexué que j'aime comme un fils.

Rafika, bien que mère à part entière, est la première femme de ma vie.

*

Après quatre jours chez le maraîcher, la disparition de mes parents me pèse un peu moins. Je ne les ai pas oubliés, non. Mais la vie que je mène dans cette famille m'ouvre de nouveaux horizons.

Je me promets de les présenter à papa et à maman.

Je leur dois peut-être la vie. Je leur suis redevable d'avoir pris soin d'Alain et moi à un moment où il aurait été plus simple de nous abandonner à notre triste sort.

Papa, lui surtout, changera d'avis. Il verra certainement d'un autre œil ces *nègres*, qui ne sont pas comme il dit — du moins pas tous.

Pour maman, je ne me fais pas de soucis. Elle saura les reconnaître dans toute leur bonté.

J'ai le cœur plus vaste. Imran et sa famille n'y sont pas étrangers.

*

Les nuages s'amoncellent. Le ciel vire au mauve. Le tonnerre gronde dans le lointain.

Je compte les secondes qui séparent l'éclair du coup de tonnerre. Je les convertis en kilomètres. J'obtiens ainsi la distance qui nous sépare de l'orage.

Le mulet montre des signes d'énervements. Il bat le sol de ses sabots mal parés. Ses oreilles basses sur sa tête ne présagent rien de bon. Je m'en méfie et ne m'en approche pas à moins d'un jet de pierre.

Imran fait la sieste, Rafika aussi, mon frère lové dans un bras, son fils dans l'autre.

Zakaria est quelque part. Il s'est éclipsé après le déjeuner. Il est coutumier de ces disparitions subreptices.

— Zakaria sera bientôt un homme. Il fait son apprentissage. Il vit sa vie pour que d'autres ne la vivent pas à sa place.

M'avait dit Imran que j'interrogeais un jour sur ces absences renouvelées.

Zakaria, ténébreux par nature et peu enclin aux parlottes inutiles, est très différent des enfants que j'ai fréquentés en ville — même des petits indigènes.

David, par exemple, passait son temps à s'inventer des histoires. Je le relayais pour ne pas être en reste.

À l'école, nous rivalisions de mensonges. Nos vies aventureuses s'étalaient dans la cours de récréation. Tartines de confiture, c'était à celui qui en rajouterait une couche.

Zakaria, lui, est du genre à se taire. Il dissimule l'essentiel. Je ne sais pas par quel bout le prendre, ni comment devenir son ami ni, surtout, comment me faire accepter par lui.

J'aimerais tant l'accompagner ces débuts d'après-midi quand il disparaît pour ne revenir qu'au moment où nous descendons au potager.

La pluie tombe sans prévenir, drue. Un rideau de gouttes énormes, elles s'écrasent sur le sol et soulèvent des couronnes de poussière.

En peu de temps, c'est un déluge. La terre ruisselle. La boue dévale la pente vers l'oued.

Lestriplés sortent en courant. Ils rient. Cabriolent. Dansent. S'amusent à donner des coups de pied dans les flaques. Se crottent et semblent y prendre beaucoup de plaisir.

Ils se lancent des pleines poignées de boue en travers du visage. Par ricochet, j'en reçois une giclée au milieu de la poitrine.

Entraîné par leur folie furieuse, je me mêle à la bataille. Je vise. Arme mon bras et décoche mon tir.

Lestriplés, par esprit de corps, s'unissent. Ils forment soudain un seul et unique combattant que j'ai du mal à maîtriser.

Je reçois maintenant une avalanche de bouillasse et de cailloux. Une gadoue terreuse qui auréole mes habits. La pluie a tôt fait de les délaver avant que j'en reçoive une nouvelle ration.

Je fuis. Ma retraite, pour peu glorieuse qu'elle soit, me met à l'abri derrière l'unique dattier râpé de la cour.

Lestriplés se sont rapidement lassés de m'envoyer leurs projectiles. Ils ont déjà changé de jeux quand j'aperçois, à travers la pluie qui dégringole, quatre hommes s'avancer sur le chemin.

Zakaria les accompagne. Il marche devant eux, la tête haute, n'évitant aucunement les gouttes qui explosent en gerbes sur le sommet de son crâne.

Les hommes, arrivés devant la porte du gourbi, entrent sans s'annoncer.

À ma grande frayeur, je remarque qu'ils sont armés de fusils. Leurs habits sont plus ou moins pareils à ceux que portaient les rebelles.

Mon père m'avait montré certaines photos de ces rebelles, allongés par terre, les bras le long du corps, morts.

— De la vermine en moins, c'est toujours ça de gagné.

Avait-il commenté.

Depuis la première fois où il s'était absenté pour ne revenir qu'une semaine plus tard, papa disparaissait régulièrement.

La veille de ses départs, maman repassait une espèce d'uniforme couleur sable. Elle le posait dans le salon à cheval sur une chaise. Elle y joignait un ceinturon et une paire de guêtres. Ainsi, je savais que papa partirait le lendemain.

Il ne disait jamais où ni pourquoi ni pour combien de temps.

— Tu devrais parler à ton fils…

J'avais surpris maman et papa au milieu d'une messe basse. Aussitôt ils s'étaient tus.

Un dimanche mon père m'avait pris sur ses genoux, procédé suffisamment louche pour que je me tienne en alerte, sur la défensive.

Il m'avait expliqué qu'un homme, un *vrai* précisait-il, se devait de défendre sa famille.

Il avait parlé des autorités. À son avis, elles n'étaient plus à la hauteur. Il disait :

— Il faut que nous les suppléions. Nous sommes les derniers remparts contre la barbarie. Nous nous battons pour toi. Pour tous.

J'écoutais en silence. Nous étions fin juin. Les journaux étaient pessimistes. Je les lisais en cachette. Ils parlaient déjà d'Indépendance.

— Et tu tues des gens ?

Avais-je demandé. C'était davantage de la curiosité de ma part qu'un quelconque reproche. J'étais plutôt fier de mon père qui était un héros.

— Mais non, que vas-tu chercher là, Momo.

M'avait-il menti. C'est facile de savoir quand mon père ment. Ses yeux cillent et il a un tic au coin de la bouche, comme s'il chassait d'une grimace une mouche invisible.

À cette époque déjà, fleurissaient sur les murs de la ville des slogans hostiles aux indigènes. Des appels au meurtre que relayaient des tracts distribués sous le manteau.

— Viens. Suis-moi.

C'est Zakaria. Il se tient debout à côté de moi. L'eau dégouline à gros bouillons de ses cheveux.

Nous allons nous mettre à l'abri dans la cabane à outils.

*

Il fait sombre. Ça sent le cuir mouillé, le bois pourri et la putréfaction.

Je me cogne la tête contre le manche d'un râteau. Me prends les pieds dans des cordes.

— Bon sang, mais pourquoi tu m'as fait venir ici ?

Zakaria ne répond pas. J'ai l'impression qu'il y voit comme en plein jour. Il se tient immobile et silencieux, adossé aux planches disjointes de la cabane.

D'un geste de la main, il essuie son front. Ses yeux brillent dans l'obscurité. Je ressens chez lui une tension inhabituelle.

La pluie rebondit sur le toit. C'est un martèlement incessant. Une eau sale s'écoule sur le sol. Nos pieds baignent dans la terre humide et spongieuse.

— Il est revenu.

Dit Zakaria.

— Qui ?

Je suis inquiet. En vérité, je ne désire pas tant savoir qui est revenu. Il me semble que quelque chose prend fin. Avec l'arrivée de ces rebelles, la vie va être différente — peut-être mortelle.

Zakaria n'est plus le même. Il bouillonne. Ses yeux irradient. Ses mains tremblent d'impatience.

— Mon père est revenu. La guerre est finie et il est rentré.

J'ai du mal à entendre le murmure que sa voix distille en sourdine.

En revanche, le cri de joie qu'il pousse en suivant me transperce les tympans.

— Ben alors, qu'est-ce qu'on fait ici plutôt que d'être avec lui et ta famille ?

Je trouve son attitude bizarre. Moi, quand je retrouverai mes parents, dans deux jours au plus tard, en ville, je n'irai certainement pas me cacher dans un réduit qui pue et fuit de tous les côtés.

Je leur sauterai au cou. Les couvrirai de baiser. Je passerai une heure à pleurer dans leurs bras. Je leur raconterai par le menu ce qui nous est arrivés à Alain et à moi.

— Mon père ne sait pas pour toi et ton frère. C'est un combattant du FLN, de l'armée de libération. Il faut qu'Imran lui explique. Sinon…

Je ne retiens de l'explication de Zakaria que le *sinon*.

Je m'effondre, en larmes. Je comprends clairement la signification de ce *sinon*.

Je pleure mon frère qui se trouve à l'intérieur du gourbi — à la merci d'un sanguinaire rebelle assoiffé du sang des vaincus.

3

Je grimpe les escaliers quatre à quatre. Zakaria me suit. Il respire bruyamment.

Sur le palier de la porte, je m'arrête. Zakaria me rejoint. Il se tient un peu en retrait.

— Je sonne.

Dis-je. Ce n'est ni une question ni un avertissement, plutôt une constatation.

Parvenu au bout d'un long voyage, je touche au but. Là, derrière cette porte, mon avenir m'attend.

Quand nous sommes arrivés en ville, bien trop tôt, dans la rue en bas de chez moi, nous sommes restés devant l'immeuble. Nous avons patienté presque une heure à battre la semelle sur le pavé.

Le quartier s'est éveillé petit à petit. D'abord les lampadaires se sont éteints. Puis les premières voitures se sont mises à circuler.

Une Aronde, avec ses gros phares globuleux pareils à des yeux de merlan frit, est passée devant nous. Elle a laissé dans son sillage une odeur tenace d'essence.

Un peu plus tard, le glacier du bas de la rue a ouvert son rideau de fer. Le bruit métallique s'est répercuté en écho, ricochant sur les façades des bâtiments.

Puis, c'est le tour du kiosque à journaux. Auparavant, le bistrot du coin, avait descendu sa marquise en toile de couleur brique. Le cabaretier était sorti, il avait ajusté une manivelle dans le mur et avait tourné jusqu'à actionner le mécanisme.

Zakaria a craché par terre. Encore une de ses habitudes que je ne supporte pas.

Papa n'aurait jamais admis que je crache par terre ou ailleurs. Chez nous, on ravale la salive, c'est une question de propreté.

Maman grimaçait quand elle voyait un indigène cracher. Elle changeait de trottoir ou faisait un détour conséquent afin d'éviter le glaire étalé sur la chaussée.

— Dégoûtant. Plein de microbes. Les porcs !

Disait-elle pour elle-même, mais aussi pour moi en guise de leçon à ne pas suivre. S'ils n'en mangeaient pas, du porc, ils étaient de la même espèce selon les conclusions expertes de maman.

Nous avons attendu en silence. Nous venions de traverser une partie de la ville. Depuis cinq jours je n'y avais pas remis les pieds. À priori, rien n'avait changé. Ce qui m'a rassuré et redonné du baume au cœur.

— Bon, alors, tu sonnes où quoi !

Zakaria accompagne son injonction d'un coup de coude dans mes reins.

J'avance d'un pas. La sonnette est à hauteur de ma tête.

Je me souviens que papa disait toujours qu'une sonnette, pour être de bon ton, doit jouer les premières notes d'une musique classique d'un célèbre compositeur.

La nôtre interprète à sa manière de sonnette du Verdi — du Verdi acide comme du citron vert.

*

La veille au soir, après que Zakaria était parti et alors que la pluie avait cessé, je tergiversais dix minutes avant de sortir à mon tour de la cabane à outils.

Le ciel était dégagé. Les nuages s'étaient dissous comme par enchantement. Du sol s'élevait une vapeur tiède. Elle stagnait à une vingtaine de centimètres au-dessus de la terre humide.

Le mulet mijotait dans son jus. Son dos ruisselait. D'un mouvement de torsion, il s'était ébroué, envoyant une nuée de gouttelettes irisées par la lumière encore laiteuse d'après l'orage.

Ça sentait l'humus et le foin humide. Les palmes du dattier ployaient. Elles dégouttaient d'une eau claire et translucide. Les chèvres se cabraient, prises d'une inexplicable frénésie.

J'étais seul dehors.

En contrebas l'oued s'était enflé du trop plein d'eau. Son murmure montait jusqu'à moi. C'était un gazouillis joyeux. Il contrastait avec mon état d'esprit maussade.

J'en voulais à la nature. Elle revivait au moment même où j'avais l'impression de mourir.

Gamberger était inutile. Je devais foncer la tête baissée dans le gourbi. Si j'hésitais, je prendrais tôt ou tard mes jambes à mon cou — plus lâche que le dernier des lâches.

D'un pas hésitant, j'avançais. La porte était fermée. J'entendais à l'intérieur des bruits étouffés.

Depuis combien de temps Zakaria était-il à l'intérieur ?

Le soleil brillait à nouveau. Il devait être trois heures de l'après-midi, guère plus.

J'avais respiré à plein poumons. L'air lourd et mouillé s'était infiltré au travers de mes bronches. Il m'avait davantage nourri qu'oxygéné.

J'avais poussé la porte d'un coup d'épaule. Une réminiscence de ces films, visionnés avec David durant notre période de boulimie cinématographique, où tous les héros enfonçaient des portes en carton patte afin de secourir la veuve et à l'orphelin.

Je trébuchais sur le seuil — décidément j'étais un piètre acteur. Je tombais de tout mon long sur le sol en terre battue.

Ils étaient là, comme suspendu en l'air au-dessus de moi. Ils me regardaient, étonnés, silencieux, sans esquisser le moindre geste.

Dans sa main figée par la surprise, Imran tenait par l'anse une théière fumante.

La vieille indigène, à l'aide d'un long bâton, fouraillait dans les cendres du foyer au centre duquel cuisaient des pommes de terre. Des braises rougeoyaient dans la semi-pénombre.

Rafika serrait son bébé contre elle.

Lestriplés étaient assis sur un tapis, un peu à l'écart.

Zakaria, debout entre son père et les trois autres indigènes, me toisait d'un air farouche.

Mais où était Alain ?

Étalé dans cette position ridicule, je n'osais pas me relever. Comme s'il était le plus naturel du monde de brouter la poussière, un rictus idiot épinglé en travers de la figure.

Je devais parler, expliquer le pourquoi du comment, et j'allais le faire quand le cri de mon frère avait percé le silence embarrassé.

Alain se trouvait sur ma gauche. Il était assis sur une couverture, à l'endroit même où je passais mes nuits. Il paraissait profondément mécontent de son sort.

Les trois combattants qui accompagnaient le père de Zakaria avaient profité de l'intervention geignarde de mon frère pour s'éclipser. Ils étaient passés à côté de moi. J'étais toujours allongé. Je n'avais pas songé une seconde à me redresser.

Leurs godillots nettoyés par la pluie —
leurs empreintes en nid d'abeilles gravées dans
la poussière — m'avaient frôlé.

*

Des pas. Ils s'approchent. La poignée de la
porte d'entrée bouge.

Je me retourne vers Zakaria. Il a reculé
jusqu'au mur opposé. Il s'y est adossé. Il
regarde fixement le carrelage.

Je frotte mes pieds sur le paillasson. Celui
que maman et moi avons choisi ensemble aux
Grandes Galeries de la rue de Judée.

Je me souviens.

Nous avions pris l'escalator. Il montait au
troisième étage. Il grinçait. Ses rouages
geignaient sous notre poids.

Seuls les mangeurs de cochon comme nous
et les élus du peuple végétariens du porc
fréquentaient ce magasin après le début des
événements.

À l'entrée, des armoires à glace — des
vigiles plus larges et plus grands que tout ce

que je connaissais d'humain jusqu'alors —
veillaient.

Ils fouillaient chaque cabas, chaque sac et
interdisaient l'accès à tout ce qui ressemblait à
un indigène.

Après les attentats — ils avaient touché un
magasin concurrent, fait plusieurs morts et
blessés graves, et la presse en avait fait ses
choux gras —, la direction des Grandes
Galeries avait décrété le personnel indigène
persona non grata.

Nous hésitions entre un paillasson
classique et un paillasson « O*lé olé* » selon le
qualificatif de maman.

Le *olé olé* était orné en son centre d'une
représentation stylisée d'une corne
d'abondance, le tout d'une belle couleur vert
pomme. La mention BIENVENUE barrait
horizontalement la carpette en poils de je ne
savais pas trop quoi.

— C'est fait en quoi ?

Avais-je demandé, mais ma mère n'avait
pas dû entendre ma question. Elle s'était
bornée à vérifier la solidité des crins en tirant
dessus.

Nous avions finalement opté pour le
classique d'une couleur jaune paille bileux.

— C'est plus en accord avec notre rang social.

S'était justifiée maman en payant à la caisse.

J'avais appris ce jour-là qu'un paillasson avait aussi son importance dans l'évaluation du standing d'une famille comme la nôtre.

— L'est toujours aussi lent ton père ?

Me demande Zakaria. Il pointe son menton vers la porte qui s'ouvre comme à regret.

*

Ce matin-là, nous nous sommes réveillés avant l'aube.

Il avait été décidé la veille que Zakaria m'accompagnerait en ville. Nous partirions à la recherche de mes parents. Notre mission était de les avertir qu'ils devaient récupérer Alain, laissé derrière moi à la garde du grand-père et de Rafika.

Le père de Zakaria était un homme froid. Son regard fixe remuait vos entrailles. Une barbe de trois jours dévorait ses joues qu'il avait creuses. Ses cheveux ras mais bouclés descendaient bas sur sa nuque. Les ongles de ses mains étaient cassés. Il était maigre. Ses os saillaient sous ses habits.

Il parlait dans sa langue par de courtes phrases qui ne portaient pas à discussion. Zakaria traduisait.

— Après-demain, c'est le marché. Soit tes parents viennent chercher Alain. Soit Imran le conduira en ville et tu te débrouilleras avec. Vous ne pouvez plus rester ici. Vous devez partir. Il faut les avertir. Toi, tu pars définitivement. Mon père, il ne veut plus te voir ici. Mon père, il dit que nous n'aurions pas dû vous aider. Il dit que le sens de l'hospitalité d'Imran a été une erreur. Il dit que Rafika ne doit pas donner le sein à ton frère. Il dit que c'est contre nature. Je t'accompagne demain en ville. On trouve tes parents. Et vous partez. C'est mon père qui le dit.

Nous n'avions pas travaillé au potager en fin d'après-midi. Alain et moi avions été relégués à l'extérieur où j'avais essayé en vain de le distraire.

Alain ne comprenait pas. Il avait été arraché à sa mère nourricière, et à celui qu'il considérait déjà comme son frère. Il pleurait sans arrêt.

Même les chèvres, qui continuaient à cabrioler dans leur enclos, ne l'intéressait pas.

Alors que le soleil disparaissait à l'horizon, Rafika était sortie du gourbi. Sur le seuil, le père de Zakaria veillait.

Rafika m'avait tendu une sorte de bouteille en grès munie d'un doigt en caoutchouc percé.

— Du lait de chèvre… pour Alain… C'est tout ce que je peux faire… Tu sais… mon mari…

Elle était désolée. Elle avait eu un début de geste affectueux de la main, mais le père de Zakaria avait crié un ordre et Rafika était rentrée précipitamment.

J'enrageais. Je maudissais cet homme. Zakaria aussi, qui retrouvait sans effort son père alors que le mien n'était encore qu'un espoir.

Je crachais en direction de la porte. Une haine chaude, de celle qui vous mange de l'intérieur, me dégraissait le corps et l'esprit.

Je fourrais un peu violemment la tétine improvisée dans la bouche d'Alain.

Il s'était mis à hurler. Il avait refusé obstinément de boire la moindre goutte de lait de chèvre. Je voyais dans ses yeux de l'incompréhension et de l'entêtement.

J'espérais que demain, quand Zakaria et moi serions partis, il retrouverait un peu de la chaleur de Rafika. Il était convenu qu'elle s'en occuperait pendant mon absence, en attendant la venue de mes parents.

Le soir, nous avions dormi ensemble, mon frère et moi, sous la même couverture de fortune.

Le ventre d'Alain gargouillait famine. Ses rêves l'agitaient. Il bataillait, donnait des coups de pieds, battait des bras.

J'étais convaincu qu'il pourfendait, brisait en mille morceaux, déchiquetait le père de Zakaria.

Dans la nuit — je n'arrivais pas à fermer l'œil, aux prises avec mes démons intérieurs —, Imran avait secoué mon épaule.

Je ne l'avais pas entendu s'approcher. Surpris, je m'étais redressé.

— Chut…

Avait-il murmuré. Sa bouche s'était collée à mon oreille.

Imran avait parlé, à l'affût du moindre bruit dans le gourbi.

Le père de Zakaria et les trois combattants ronflaient. Dans l'obscurité, on pouvait entendre la vieille indigène mâchouiller des feuilles de chanvre.

Imran avait continué encore longtemps à psalmodier des sourates afin d'adoucir ma détresse.

Je m'étais endormi sans m'en apercevoir.

*

La porte s'ouvre.

Des rires me parviennent de l'intérieur.

Zakaria n'a pas bronché. Je me retourne vers lui. Je cherche dans son regard un peu d'aide.

J'ai le trac. Revoir mes parents, même après une aussi courte absence, me semble étrange, presque pénible.

J'ai peur qu'ils ne me reconnaissent pas. J'ai changé. Enfin, je crois que j'ai changé.

Je ne suis plus un enfant. J'ai vieilli. Je ne suis plus certain d'accepter aussi docilement la façon de voir et de penser de mes parents.

Et pourtant, je ne les ai jamais autant aimés.

Ils me manquent comme jamais je n'aurais cru que cela serait possible.

La porte s'ouvre aux trois quarts.

Papa apparaît dans l'encadrement.

*

Zakaria avait enjambé l'oued d'un bond.

Il courait déjà dans le verger et je le suivais à une certaine distance, angoissé à l'idée de le perdre de vue.

Le jour n'était pas encore levé. C'était le reflet vacillant de son ombre que je distinguais plus ou moins. Je m'accrochais à cette lumière noire comme à une bouée de sauvetage.

Nous filions en direction de la ville.

Zakaria empruntait des raccourcis tortueux. J'avais maintenant la certitude qu'il voyait dans l'obscurité. Là où je trébuchais, risquant de m'étaler à tout instant, Zakaria se jouait des imperfections du terrain.

Nous avions une quinzaine de kilomètres à parcourir avant d'atteindre les faubourgs de la ville.

Zakaria connaissait la route par cœur. Il sifflotait en galopant devant moi. Ne se retournait pas. Parfois, d'une main distraite, il arrachait une herbe dont il se servait comme d'un fouet.

Une demi-heure après notre départ, l'horizon s'était éclairé d'une aube aux teintes violines. Les premiers rayons opalins de la lumière avaient couronné le ciel.

Au détour d'un sentier, Zakaria avait disparu. Nous longions le contrefort d'une hauteur faite de roches encastrées les unes dans les autres.

Je connaissais ce coin-là. Mes parents m'y avaient emmené à de nombreuses reprises.

On l'appelait la montagne aux singes, bien qu'il ne s'agisse que d'une éminence rocheuse à peine plus haute qu'un immeuble de trois étages.

Un lieu touristique où les gens venaient de la ville en car pour admirer les singes qui y vivaient. Ils leur apportaient qui des bananes qui des croûtons de pain qui des cacahuètes.

Les singes n'étaient pas farouches. Mais il fallait éviter de trop s'en approcher sous peine d'être sévèrement mordu.

— À cette heure, ils dorment encore.

J'avais bondi en arrière et manqué de me ratatiner le museau par terre.

Zakaria était assis sur la souche d'un arbre mort. Il jouait avec une brindille qu'il faisait passer habilement entre ses doigts.

— Les singes. Ils dorment. Va pas les réveiller… Viens avec moi… on va voir quelque chose.

Zakaria s'était levé. En quelques pas, il m'avait entraîné vers un renfoncement, une sorte de faille dans la roche.

Nous nous y étions faufilés l'un derrière l'autre.

— Baisse la tête.

J'imitais Zakaria.

Nous avions traversé un couloir naturel avant de déboucher sur une arène sableuse. Sa dimension réduite ne devait pas excéder celle de ma chambre en ville.

— On en a pour deux minutes. C'est là que je viens tous les après-midi. Attends un peu…

Zakaria avait parlé tout en retirant d'une de ses poches une moitié de bougie. Il avait gratté le bout soufré d'une allumette contre une pierre et avait allumé la mèche.

J'avais eu le souffle coupé.

Partout, sur le sol sableux, dans les renfoncements de la caverne, oui partout, Zakaria avait disposé des fossiles.

Des pointes de silex côtoyaient des ossements d'animaux. Des squelettes de petits rongeurs avaient été soigneusement arrangés sur le sol les uns à côtés des autres. Un tas de roses des sables trônait au centre de l'arène. Tout autour des crânes de singe formaient un cercle parfait.

— Regarde.

Zakaria avait posé la bougie à l'intérieur du plus gros crâne.

La lueur vacillante de la flamme avait dansé un instant avant de s'immobiliser.

Des orbites, des orifices du nez et entre les mâchoires, filtrait une lumière jaune orangé. C'était à la fois étrange et inquiétant.

— C'est à toi ?

Avais-je bêtement demandé. Zakaria avait haussé les épaules.

Il parlait peu et était avare de ses émotions. Malgré cela, je sentais chez lui une certaine fierté à me dévoiler son jardin secret.

Une espèce d'orgueil mal dissimulé brillait dans ses yeux que la lumière du crâne baignait d'une aura que je décidais sur-le-champ *maléfique*.

Soudain, un cri strident suivi d'un autre m'avait fait frissonner. Je levais les yeux vers le plafond de la caverne.

Mon Dieu ! Mes jambes se dérobaient sous moi. C'est à peine si je tenais debout.

Zakaria avait récupéré la bougie pour la hisser au-dessus de lui.

— Mes petites amies. Elles viennent juste de rentrer de leur nuit de chasse.

Avait-il simplement dit.

La voûte était recouverte de chauves-souris que la lumière de la bougie dérangeait. Elles étaient agglutinées en grappes les unes contre les autres. De leurs ailes repliées, seules leurs minuscules têtes dépassaient.

— Tu risques rien.

Zakaria avait ramené la bougie à hauteur de ses hanches. Les chauves-souris avaient disparu dans la pénombre.

Je remarquais alors seulement que le sable sous nos pieds était maculé de déjections.

— Filons.

Zakaria était sorti de la grotte sans me laisser le temps de réagir.

J'avais couru derrière lui pour ne pas rester en compagnie de ses *petites amies* qui me donnaient la chair de poule.

Dehors, le jour poudrait la terre d'une phosphorescence nouvelle. J'avais eu la drôle d'impression de renaître au monde. Pour la première fois de ma vie, je me sentais appartenir à cet univers-là. Plus proche de l'animal, je devenais aussi plus humain.

Zakaria avait soufflé la mèche de la bougie. L'odeur âcre de la fumée m'avait fait redescendre sur terre.

Zakaria me toisait. Ce n'était ni de la méchanceté ni de la curiosité. Peut-être attendait-il un compliment de ma part ?

— C'est chouette.

Avais-je dit en verve de banalités.

— C'est ça… C'est chouette…

Avait-il commenté à son tour avant de partir en direction de la ville.

Nous avions marché côte à côte jusqu'à l'orée des premières maisons.

*

« *Sont une tripotée plus quinze.* »

C'est ainsi qu'aurait qualifié papa la marmaille qui grouille dans notre appartement.

Ça cavale dans tous les sens. Ils sont autant de filles que de garçons dans ce qui était notre salon — un salon relooké à l'orientale.

Un étrange sentiment m'envahit quand je vois un gosse de mon âge jouer avec ma voiture de course préférée, un bolide miniature des 24 Heures du Mans. Il le lance sur la moquette. Le fait capoter. Et recommence.

Papa dit que chez les indigènes, quand on fait des enfants, on ne chipote pas sur la quantité.

— Ils en font par fournées de vingt et plus.

Zakaria est en grande discussion avec celui qui doit être le père du régiment de marmots.

Dans un coin du salon, une indigène drapée dans un haïk beige crème nous regarde d'un œil indifférent. Elle berce dans ses bras le dernier de la lignée.

Un instant plus tôt, aveuglé par la certitude de voir enfin mon père ouvrir, c'était bien lui que j'avais vu.

Il avait fallu que l'homme parle pour que je revienne à la dure réalité : ce n'était pas mon père.

Nous étions restés face à face en chiens de faïence. Mes habits indigènes l'avaient trompé et il s'était adressé à moi dans sa langue.

Finalement, Zakaria était intervenu et nous étions entrés à l'intérieur de ce qui avait été autrefois mon univers familier.

Zakaria et l'homme moulinent des paroles à tours de langue. Ils les accompagnent de gestes de plus en plus larges, de plus en plus nerveux. J'en profite pour regarder en détail autour de moi.

Tous nos meubles sont là. Le poste de radio a été changé de place. Il est maintenant posé sur un foulard à damier rouge et blanc sur la table basse.

Au mur est venu s'ajouter à nos tableaux patrimoniaux — un coucher de soleil baveux sur une mer verdâtre ; un champ de coquelicots foireux sous un ciel lavasse ; un cheval qui se cabre, sa crinière filasse dans un vent suggéré par des filaments de peinture mauve — un plat en cuivre ciselé d'une multitude de circonvolutions et autres arabesques. Des taches de vert de gris apparaissent au centre.

Par la porte entrouverte de la cuisine, j'aperçois des nouveautés : un narguilé, un plat à tagine en terre cuite surmontée de son couvercle en forme de bonnet de martien.

Si papa voyait ça... Il en avalerait sa langue. Lui qui n'accepte de manger de la nourriture locale qu'à la condition que maman l'ait préparée.

— On peut pas savoir s'ils veulent t'empoisonner ou s'ils cuisinent avec leurs pieds sales pour donner du goût.

Disait papa. Des craintes qui avaient décuplé pendant les événements.

La cuisine algérienne était devenue un sujet tabou à la maison. Une décision paternelle avait conduit maman à mitonner exclusivement français de pure souche : de la daube en plein été, des ragoûts, de la poule au pot, du cassoulet, et ainsi de suite jusqu'à l'indigestion.

Nous prenions des suées patriotiques que nous éventions, les bras écartés, sur le balcon les soirs de fraîcheur.

Papa voulait faire de nous une famille française exemplaire. C'était idiot. Le pire était qu'il le savait. Mais il ne serait jamais revenu sur sa décision. Les événements lui travaillaient le ciboulot.

Ici et malgré moi, dans mon appartement squatté par cette famille, je me sens plus proche des idées de papa que je n'ai jamais été.

— Mais, bon sang ! Qu'est-ce qu'ils font là !

J'ai crié. On me regarde d'un drôle d'air.

L'indigène ravale sa colère. Sa femme s'éclipse. La marmaille déguerpit en moins de temps qu'il n'en faut pour s'en rendre compte.

Zakaria s'approche. Il me prend à part. Me pousse jusque dans le hall d'entrée.

— C'est un combattant de la première heure. Les autorités lui ont alloué votre appartement.

Dit-il sans me lâcher le bras qu'il tient fermement.

Je n'en reviens pas. Quelles autorités ? De quel droit ?

— Et mes parents ?

Je demande la gorge nouée.

L'homme se tient dans l'encadrement de la porte du salon. À l'endroit exact où je me tenais la première fois que mon père était rentré d'une de ses *missions*.

— Il dit qu'il ne sait pas. Il dit qu'il faut aller voir ailleurs.

Ailleurs ? Et où est-ce ailleurs ?

Je suis déboussolé. Je me sens perdu, seul au monde, incapable de réaliser ce qui m'arrive.

— Tu n'as pas d'autre famille ?

Demande Zakaria.

— Tante Rosine.

Dis-je du bout des lèvres.

L'homme nous pousse vers la sortie. Zakaria passe le premier. Je le suis. Nous nous retrouvons sur le palier.

La porte de l'appartement claque.

— Elle habite où, ta tante Rosine ?

Zakaria est l'incarnation du bon sens.

*

Les indigènes sont en majorité. Les quelques Français que nous croisons marchent la tête basse, à pas trop pressés — en contrebas, le port. La mer en sur-brillance vient se frotter contre la dent cariée du quai.

J'ai regardé une dernière fois une des fenêtres de notre appartement. Celle de ma chambre, d'où j'épiais mon père quand il partait le matin à son travail.

Il tenait à la main une sacoche dont il ne se séparait jamais. Les derniers temps, cette sacoche s'était arrondie. Ses joues de cuir étaient tendues à se rompre. Plus lourde, il la changeait de main régulièrement.

— Qu'est-ce qu'il met en plus dans sa sacoche, papa ?

Ma question anodine, me semblait-il, avait embarrassé ma mère. Elle m'avait demandé pourquoi j'étais si curieux, oubliant volontairement de me répondre.

À cette époque, papa fermait à clé l'unique placard dans le hall d'entrée. Il mettait la clé dans sa poche et la gardait sur lui.

J'essayais en vain de regarder par le trou de la serrure. J'étais intrigué par son comportement. Qu'est-ce qui pouvait bien justifier qu'il boucle le placard à double tour ?

La nuit, dans mon lit, j'étais souvent réveillé par des bruits. Des pas dans la maison, des allers et venues qui m'inquiétaient. Je me levais, entrebâillais la porte de ma chambre et voyais mon père en ombre chinoise arpenter le couloir. Ou bien, j'entendais le murmure de sa voix au téléphone, comme le bourdonnement épuisé d'une mouche sur une vitre.

— T'as pas faim ? Moi, si. Viens, on va voir mon cousin. Il est pêcheur. À cette heure, il a dû rentrer. On le trouvera près de son bateau… On ira chez ta tante après.

C'est vrai que j'ai faim. Nous n'avons rien avalé depuis le départ aux aurores de chez Imran.

Zakaria n'attend pas mon avis pour accélérer le pas en direction du port.

Des pointus, ces bateaux de pêche en bois qui avant l'aube partent en mer pour en revenir en début de matinée gorgés de poissons et de poulpes, sont amarrés à quai.

Déjà une multitude bavarde de matrones indigènes s'affaire autour des caisses de sardines et de rougets.

L'une d'entre elles tient à bout de bras un poulpe. Ses tentacules ondulent dans le vide. D'un geste violent, elle l'abat sur une bitte d'amarrage. La bête se love tout autour. La femme a beaucoup de difficultés à l'en détacher.

Elle recommence ce petit manège trois ou quatre fois.

Papa adore le poulpe en sauce. Maman lui en préparait une fois par mois.

Vers dix heures, elle sortait dans la cour et commençait à battre le poulpe sur une pierre.

— Si tu ne l'attendris pas, c'est aussi mauvais qu'un vieux pneu cette bestiole.

Disait maman, tout essoufflée. Je l'observais martyriser la pauvre bête qui luttait pour rester en vie.

Le poulpe se débattait. Cherchait à s'enfuir. Ses longs tentacules aux ventouses comme des capsules de bouteilles de bière se cramponnaient désespérément aux poignets de ma mère.

— Tiens, il est là-bas. *Yeah* !

Zakaria crie. Il se précipite vers un bateau auprès duquel un petit homme trapu s'affaire. Je le suis à quelques pas de distance.

Sur la droite, à ma grande stupéfaction, le banc des menteurs est entièrement calciné. Il ne reste que l'armature en fer forgé, sorte de squelette préhistorique témoin d'une ère ancienne.

Le sifflet puissant d'une sirène me fait me retourner. À l'extrémité opposée de la jetée, un paquebot entreprend une manœuvre d'accostage.

Sur le quai, des militaires forment un cordon. Ils empêchent une foule déjà dense de s'approcher. Il n'y a pas moins d'une centaine de personnes. Dans leurs mains des valises pendulent.

— Momo…

L'indigène trapu me tend la main. Zakaria me présente en deux mots. Je serre cette main calleuse et recouverte d'écailles.

— Des rougets grillés, ça vous dit ?

Le cousin de Zakaria parle un français assaisonné. Chaque phrase prononcée a la saveur d'un piment rouge. Elle brûle les oreilles.

C'est un homme courtaud, taillé pour la mer — pas de prise au vent, un centre de gravité au plus près du plancher des vaches.

Ses cheveux ont été décapés par le sel marin. Ils en sont presque transparents Les rides qui sillonnent son visage ont été creusées par les embruns. Sa peau parcheminée est une véritable carte au trésor.

Il s'empare d'un panier en osier plein de poissons d'un rouge corail. Nous le suivons. Nous descendons les degrés d'une petite échelle métallique pour atterrir sur du sable fin.

Je ne suis jamais venu ici auparavant. C'est le coin réservé aux pêcheurs indigènes. J'ai entendu mon père dire qu'ils y venaient pour cuire leur boustifaille. C'est un endroit à l'abri des regards.

— Ici. On sera bien.

Dit le cousin. Il creuse sans tarder un trou. Une tache ocrée de sable plus humide tapisse le fond de la cavité.

— Bougez pas, je reviens.

Le cousin va récolter du bois flotté. Pendant ce temps, Zakaria en profite pour partir à la chercher de feuilles de papier journal qui traînent un peu partout autour de nous.

Quand le feu a bien pris, le cousin jette les rougets dedans.

Ça crépite. La graisse des poissons s'embrase. Des flammèches orangées dansent au-dessus de la braise incandescente.

Nous récupérons les poissons à la pointe du couteau du cousin. Nous les mangeons en nous brûlant le bout des doigts.

— C'est bon, mais c'est plein d'arêtes…
Disait papa.

Maman apportait la poêle en fonte noire et granuleuse qu'elle déposait sur la table.

L'huile bouillante sautait. Les rougets baignaient dedans. L'huile — d'une couleur rouille parce que maman la relevait d'une pincée de safran — et la peau carbonisée des poissons se livraient une ultime bataille.

On arrosait copieusement de citron avant de passer dix minutes à séparer les arêtes de la chair.

Un jour, je me souviens, une d'elles s'était plantée dans ma gorge. Papa m'avait fait ingurgiter de force la mie d'une baguette de pain entière.

— Ça fera passer.
Avait-il dit avant de m'obliger à boire deux grands verres d'eau.

D'autres pêcheurs indigènes nous ont rejoints. Chacun réitère les gestes du cousin de Zakaria.

Soudain la petite plage s'illumine d'une dizaine de bouches en feu. Ça sent l'iode et la friture carbonisée.

Des conversations s'engagent. Même si je ne comprends pas la langue, il me semble qu'on a recréé ici un style de banc des menteurs.

Certains se lèvent. Font des gestes explicites. Les poissons qu'ils ont pêchés à l'aube sont au minimum de la taille de la baleine *Moby Dick*.

Un homme mime une noyade avant de s'en sortir glorieusement sous les regards ironiques de ses auditeurs. Un autre prend le relais. Sa pantomime est une épopée à elle seule.

Qu'est-ce qui fait que ces gens nous sont si semblables ? Et pourquoi n'avons-nous pas pu mieux nous entendre ? Questions qui n'étaient jamais posées à la maison. Papa disait :

— Chacun sa place, comme ça tout le monde sera chez soi.

Je termine mon énième rouget, un peu écœuré, la bouche grasse, des écailles roussies collées sur le menton.

Zakaria devise en aparté avec son cousin. Le pêcheur lance de temps en temps des œillades dans ma direction.

Le soleil est déjà haut dans le ciel. Je transpire. J'ai soif mais il n'y a rien à boire.

Ils reviennent vers moi.

Le cousin, du plat du pied, recouvre de sable les braises dans le trou. Nous laissons les reliefs du repas sur place et remontons à l'échelle.

— Mon cousin dit que tu devrais aller voir à la caserne des Français. Il dit que peut-être tes parents y sont.

Zakaria prend un drôle d'air. Narines pincées, son regard est fuyant. Le cousin s'occupe en retrait. Il nous tourne le dos

— Allons d'abord voir ma tante.

Dis-je. J'en ai assez d'obéir. Et puis, c'est ce qui était prévu.

Zakaria rentre la tête dans ses épaules. Il me suit sans protester.

*

La porte est close.

Sur le petit balcon, à l'étage, les fleurs dans la jardinière sont desséchées. Leurs têtes ratatinées pendent au bout des tiges recourbées.

Ma tante Rosine prend soin de ses fleurs. Sa maniaquerie va jusqu'à se lever la nuit pour chasser les chats qui trouvent un malin plaisir à les compisser. Quand il fait trop chaud, elle vaporise sur elles un mélange d'eau et de glycérine — une invention personnelle.

Zakaria patiente. Il a croisé les mains dans son dos. De la pointe du pied, il dessine sur le trottoir des ronds dans la poussière.

— Elle est pas là.

Finit-il par lâcher. Cette constatation de bon sens a le don de m'énerver. De quoi se mêle-t-il à la fin ?

Il m'a accompagné jusqu'en ville. D'accord. Mais maintenant j'aimerais bien que cet enquiquineur me laisse régler seul mes problèmes.

Je le lui dis. Nous nous observons un temps du coin de l'œil. Dans son regard passe subrepticement une lueur de haine. Ça ne dure pas, il se détend soudain.

— Non.

Dit-il d'un ton morne.

— Tu fais comme tu veux.

Je lui réponds. Nous restons un moment sans nous adresser la parole, dansant d'un pied sur l'autre, sans nous décider.

— On va à la caserne ?

Finit par demander Zakaria. J'accepte d'un geste de la tête, soulagé qu'il ait pris l'initiative.

En passant devant la fenêtre des voisins de ma tante, les Estinguy, je j'entends une voix chevrotante. Je m'arrête. Tends l'oreille. Rien.

Je m'apprête à repartir quand, distinctement cette fois-ci, je perçois la voix éraillée de madame Estinguy.

— Momo… C'est toi ?

Sa trogne ridée apparaît dans l'entrebâillement de la fenêtre de son salon. Elle est plus pâle qu'un bidet.

— Madame Estinguy ?

Zakaria s'est retourné. Il se trouve un peu plus bas dans la rue. Il fait demi-tour.

— Qu'est-ce qui se passe ?

Demande-t-il arrivé à ma hauteur.

Je n'ai pas besoin de lui répondre. Madame Estinguy émerge de chez elle. Elle tient à peine debout.

Elle tente deux pas. S'arrête. Hasarde un nouveau démarrage. Engoncée dans une superposition de jupons sous une robe d'un noir d'enterrement, elle vacille.

— Momo !

S'écrie-t-elle d'une voix d'outre-tombe.

Elle s'évanouit.

◀▶

Nous transportons madame Estinguy à l'intérieur de sa maison. Ce qui n'est une mince affaire.

Zakaria se charge de lui prendre les pieds. Pieds qu'il ne trouve sous les jupons qu'après un effeuillage en règle. Les chevilles sont si menues qu'il préfère saisir les mollets de la vieille dame, au risque de les briser comme de vulgaires allumettes de contrebande.

Pour ma part, je l'empoigne sous les bras. Nous la soulevons après avoir compté jusqu'à trois.

Un… Deux… Et trois.

Nous y mettons un peu trop de fougue.

Madame Estinguy vole dans les airs. Elle ne pèse pas plus qu'une plume. Nous la rattrapons avant qu'elle ne se brise comme du verre sur le trottoir.

Zakaria a un rire nerveux.

— Pardon.

S'excuse-t-il.

C'est au passage de la porte d'entrée, que notre inexpérience s'avère la plus douloureuse — pour madame Estinguy.

Je passe en avant garde et à reculons. Je vise mal. La tête de la vieille dame vient heurter le chambranle de la porte. Ça fait un bruit de noix de coco vide.

Nous déposons une madame Estinguy estourbie et en vrille sur son fauteuil à bascule. C'est alors que Zakaria — ça part d'une bonne intention — veut la réveiller. Sans réfléchir davantage, il prend la carafe d'eau posée sur la table du salon et la renverse sur la pauvre vieille.

Je dois avouer qu'elle ne ressemble plus à grand-chose de connu dans l'espèce humaine. Ses cheveux détrempés se sont affaissés d'un bloc. On voit en dessous la peau du crâne. Elle est d'une blancheur d'albâtre.

Jupons, robes et chemisiers, tourneboulés par la torsion qu'ils ont subie, sont dans un désordre abracadabrant.

— On fait quoi ?

Demande Zakaria. Il a posé une fesse sur la table.

Je lui réponds qu'on va éviter d'en faire trop. Je crois qu'elle est déjà assez abîmée comme ça, inutile de l'achever.

Zakaria détaille madame Estinguy. Il acquiesce d'un air entendu.

Et c'est le fou rire.

L'inextinguible fou rire qui nous emporte, Zakaria et moi, sans que nous puissions le contrôler.

Nous nous plions en deux devant une madame Estinguy qui glisse imperceptiblement de son fauteuil. Ce qui a pour effet de redoubler nos quintes.

J'ai mal au ventre. Le visage de Zakaria est d'un beau rouge vermillon. Nous pleurons, toussons, postillonnons. De sorte que nous en oublions notre victime.

— Qu'il sorte !

Madame Estinguy a les yeux grands ouverts.

— Qu'il sorte !

Répète-t-elle en désignant Zakaria d'un index accusateur.

*

La piscine est à ciel ouvert. C'est un bâtiment massif cerné par des allées gravillonnées que l'herbe alentour tente de rogner.

Les murs de soutènement ont été chaulés. Ils pèlent en plusieurs endroits. Des plaques se desquament en milliers de particules volatiles.

Zakaria n'a pas cessé de ronchonner depuis que nous sommes partis de chez madame Estinguy.

Il a d'abord essayé de me dissuader de venir ici. Voyant qu'il n'y parvenait pas, il a tout fait pour me retarder. Il a traîné des pieds. A pris des raccourcis à rallonge. S'est arrêté devant des vitrines qui ne présentaient aucun intérêt. A prétexté de la moindre excuse, un caillou dans la chaussure, un point de côté, pour me ralentir.

— Faut pas croire ce que dit une vieille folle...

Le visage de Zakaria s'est assombri. Je ne l'ai pas écouté. Au contraire, j'ai allongé le pas.

*

Il m'attendait sur le trottoir opposé. Quand je suis sorti de chez madame Estinguy, il a immédiatement compris que je savais. Il a traversé la rue.

Une voiture qui venait sur sa gauche a dû l'éviter en faisant un écart brutal. Le conducteur a crié une injure que le ronflement du moteur a gobée.

— Qu'est-ce que t'as ?

Zakaria était agressif. Mais il ne souhaitait manifestement pas entendre ma réponse.

Je grelottais. J'étais sous le choc de la révélation de madame Estinguy. Il y avait en moi deux Momo qui se combattaient.

Celui qui ne voulait pas y croire, qui voulait garder l'espoir. Et il y avait l'autre. Le Momo qui allait s'effondrer, pleurer toutes les larmes de mon corps avant de s'y noyer.

— On va à la caserne des Français ?

Zakaria m'avait entouré les épaules de son bras. Il transpirait. Sa peau exhalait une odeur forte. Plus grand que moi, il me dominait d'une tête.

— Tu le savais depuis quand ?

J'ai demandé en me dégageant de son étreinte. Attirer sa compassion me répugnait.

— Quoi ?

A-t-il dit. J'ai vu passé de l'affolement dans ses yeux. Je n'ai pas insisté.

Je l'ai planté sur place.

— Où tu vas comme ça ?

A-t-il crié alors que je partais en courant.

*

Derrière la piscine, je repère le monticule de terre fraîchement retourné.

— Viens ! Allez, ne reste pas là !

Me dit Zakaria. Mais je ne l'écoute pas.

La terre est noire. Un peu plus loin, elle devient grise. Si on l'examine avec attention, on découvre qu'elle est mélangée à une sorte à de poudre ou de farine.

Madame Estinguy avait dit *de la chaux vive*.

J'y enfonce la pointe de mon pied. Je creuse un petit trou, et encore un autre à côté, puis un troisième, un quatrième…

Le soleil a dépassé son zénith. C'est le début de l'après-midi. Nous transpirons à grandes eaux, Zakaria et moi.

— On va finir comme deux gambas grillées, si on reste ici une minute de plus.

Dit Zakaria. Aussitôt il regrette ses mots.

—Maintenant, il faut que tu me dises depuis quand tu savais.

Je lui demande. Il baisse les yeux.

— Réponds !

Je crie. Zakaria reste coi.

La piscine est fermée. Un panneau a été apposé sur la porte vitrée de l'entrée principale.

FERMETURE JUSQU'À NOUVEL ORDRE.

Les jours d'affluence, à cette heure-ci, on entend les cris des enfants, les *ploufs* des plongeons, le sifflet stridulant des maîtres nageurs.

C'est dans cette piscine que j'ai appris à nager.

Papa m'y avait emmené un matin. Il avait décrété qu'il m'apprendrait lui-même.

Ses faibles compétences et son peu de patience m'avaient rapidement épargné ces séances où mon père — debout engoncé dans un maillot si serré que son ventre retombait par-dessus, des jambes trop poilues dont j'avais honte pour lui et une musculature de fil à couper le beurre — s'escrimait à m'enseigner les secrets ancestraux de la brasse.

Papa singeait les gestes des bras telle une grenouille humaine expliquant à un têtard débile le meilleur moyen de ne pas sombrer. Pour les jambes, il s'asseyait par terre puis mimait à l'envers ce que, moi, immergé dans une eau ennemie, je devais reproduire — à l'endroit.

De la brasse, je ne retenais que le coulé.

Je pratiquais une brasse coulée à tendance sous-marine, voire abyssale. Je visitais plus souvent qu'à mon tour le fond du bassin, arrachant à mon père des commentaires désabusés :

— Tu veux peut-être qu'on aille dans le pédiluve, hein ? Au moins, t'auras pied.

J'avalais un tonneau d'eau chlorée à chaque brasse pour n'en recracher qu'un verre. Je nageais en zigzag. Les yeux me piquaient. Mes muscles se tétanisaient. Ma peau devenait molle, blanche et toute ridée. Mes oreilles bourdonnaient.

Mon maillot, d'une taille au-dessus de la mienne, avait une fâcheuse tendance à glisser sur mes fesses. Un maillot qui, aux dires prévoyants de maman, me servirait encore l'année prochaine.

Papa s'époumonait en vain. Il avait en désespoir de cause renoncé et passé le relais à un professionnel.

— C'est pourtant pas le mal que je me donne… À croire que tu fais exprès.

Avait-il dit, navré de sa progéniture qui suffoquait allongé sur le dallage de la piscine, les bras en croix et le palpitant version formule un.

— Mon cousin… le pêcheur… il m'a tout raconté.

Avoue Zakaria. Je les revois, tous les deux, discutant à part. Le cousin m'avait regardé bizarrement.

— Tu crois que mes parents sont là-dessous ?

Zakaria s'attendait à cette question. Il a préparé sa réponse. Il lance d'un trait, cherchant à se rassurer lui-même :

— Qu'est-ce que tu racontes ? Bien sûr que non, voyons !

Je m'agenouille. Je pioche une poignée de terre avec la main. La porte devant mon nez. La renifle.

Aucune larme, aucun frisson, il y a des situations qui n'appellent pas aux sentiments immédiats. Ceux-ci viendront plus tard.

Je joue une comédie. Je suis le personnage d'une histoire inventée. Ce n'est pas moi. C'est un autre. Ma réplique, au bout des lèvres, il faut que je la dise. Dans une vie antérieure, j'ai dû répéter mon rôle de nombreuses fois.

C'est un Zakaria consterné qui m'entend réciter d'une voix fausse et trop basse :

— Papa. Maman. Vous êtes là ?

*

— … c'était de la folie. Ils venaient chercher les gens chez eux. En premier ceux qui avaient participé aux événements. Et les autres, ensuite. Fernand… Il n'a rien fait, je le jure. Ils les emmenaient. En file indienne, les mains posées sur la tête. Comme du bétail… Toute la fin de matinée et le début d'après-midi, j'ai entendu le claquement sec des rafales. Tes parents… Oui… je crois… Je les ai vus… C'était tellement confus… Je ne sais plus… J'ai suivi Fernand et ta tante. Ils les poussaient devant eux. Tes parents… Oui… Je me souviens maintenant… Ils étaient dans la file. Je n'ai rien pu faire. Crois-moi… À mon âge… Ensuite je ne sais plus. À la caserne… Ils n'ont rien fait… Nos militaires… Ils n'ont pas bougé le petit doigt… Vas-y. On dit qu'ils ont des listes de noms. Moi, je veux encore espérer. Je ne bougerai pas d'ici tant que mon Fernand ne sera pas rentré…

J'étais groggy.

J'avais laissé madame Estinguy bercer dans son fauteuil son espoir en sombrant dans un demi-sommeil analgésique.

4

Quand l'adjudant Gabriel venait à la maison, papa mettait les petits plats dans les grands. Maman ne ménageait pas non plus ses efforts. La maison rutilait, parée à subir une revue de casernement.

L'adjudant Gabriel arrivait sur le coup de midi. Il frappait à la porte, ne sonnait jamais. Il ne supportait pas l'aria de musique classique que distillait notre sonnette.

— De la musique pour les mous du bide.

Avait-il lâché lors de sa première visite chez nous.

Connaissant mon père, j'avais craint sa réaction. Mais il ne s'était rien passé. Papa avait souri niaisement. Maman s'était précipitée pour prendre la veste de l'adjudant. Nous l'avions guidé vers le salon sans le moindre commentaire.

L'adjudant Gabriel était un militaire à la retraite. Il portait bien ses soixante-cinq ans. Il les trimballait aussi droit qu'un I. Ses membres noueux remplissaient son costume. Un cliquetis de médailles épinglées sur sa veste accompagnait chacun de ses pas. Il ne donnait pas l'impression, comme la majorité des petits vieux que je connaissais, de flotter dans ses habits.

— De l'exercice, une vie saine, pas d'alcool.

Disait-il pour expliquer son étonnante fraîcheur.

Papa avait fait la connaissance de l'adjudant Gabriel par hasard. Les conditions de cette rencontre m'étaient étrangères. On n'en parlait pas à la maison. Je savais seulement que l'adjudant animait une association d'anciens combattants.

Papa servait du jus de fruits à la ronde. Ces jours-là, l'anisette, le doigt de Porto ou la lichette de whisky n'avaient pas droit de cité. Maman apportait sur un plateau des cacahuètes et des olives vertes pimentées.

L'adjudant Gabriel se calait dans un fauteuil. Enfournait une cacahuète et une olive. Il les faisait passer d'une joue à l'autre avant de les mâcher. Son visage s'éclairait.

— Ça, c'est de la nourriture, de la vraie.

Affirmait-il après avoir avalé. Il reprenait une nouvelle bouchée et recommençait son manège.

L'adjudant ne parlait pas comme le commun des mortels. Il hachait ses mots. Les déposait coupés en rondelles dans le creux de vos oreilles. Ses phrases étaient, sans exception, affirmatives.

— Où se trouvent les toilettes ?

Exprimait davantage l'affirmation qu'il s'y rendait, qu'une question concernant leur emplacement.

Outre son corps remarquablement conservé, l'adjudant Gabriel possédait une boule de billard du plus bel effet. Un crâne rasé de si près qu'il reluisait. Il y passait souvent la paume de sa main. Il partait du haut du front et glissait avec délice jusqu'à la nuque. Un léger crissement accompagnait son geste.

Si par négligence mes cheveux étaient un peu trop longs, il en saisissait une pincée entre son pouce et son index. Tirait doucement et rouspétait :

— Eh bien, mon gaillard ! C'est pas réglementaire ça…

Je rougissais. Je promettais d'aller chez le coiffeur dès le lendemain. L'adjudant Gabriel souriait. Tapotait ma joue et revenait à la conversation avec mes parents.

Un dimanche, un mois avant les événements, il nous avait conviés à une visite de la caserne où il gardait des relations parmi les gradés.

L'adjudant Gabriel avait fait la « Seconde », comme il disait, ainsi que l'Indochine. Il en parlait comme d'enfants qu'il chérissait d'un amour paternel.

— Quand on a fait la *Seconde* et l'*Indo,* on est respecté par la bleusaille et on a des *relations.*

Relations était un mot qu'il affectionnait particulièrement. Un sésame qui lui ouvrait toutes les portes à ce qu'il affirmait.

Un sergent nous avait accueillis. Il avait longuement serré la main de l'adjudant et s'était montré d'une servilité obséquieuse.

Nous avions eu droit à la visite du mess, de l'armurerie, du pas de tir et des locaux réservés à la troupe.

L'adjudant Gabriel, il avait enfilé des gants blancs, passait de temps en temps un index raidi sur une table ou sur le dessus d'une armoire. Il examinait son doigt.

— Bien. Parfait. Excellent.

Jugeait-il, et il recommençait l'opération un peu plus loin.

Maman tenait Alain dans ses bras. De temps à autre, elle poussait des petits cris d'exclamation satisfaits qui ravissaient l'adjudant Gabriel et offraient à mon frère l'occasion de donner de la voix.

— On en fera un capitaine, de celui-ci…

Disait l'adjudant en grattouillant le ventre d'Alain.

Le midi nous avions déjeuné en compagnie des officiers. Papa se réjouissait de tant d'attention. Maman prenait des mines de duchesse. Alain attaquait le plat de lentilles de maman à pleines mains. L'adjudant Gabriel pérorait. Quant à moi, j'ouvrais des yeux de cacatoès sur ce monde fascinant d'ordre et d'uniformes aux plis impeccables.

Les événements étaient survenus un mois plus tard.

L'adjudant Gabriel nous avait rendu visite. Il avait avoué sa profonde tristesse de voir des frères se combattre.

— Une guerre fratricide…

Avait-il soupiré, oubliant de manger ses sempiternelles cacahuètes et olives.

Papa n'avait pas accepté qu'il appelât les indigènes nos frères.

L'adjudant Gabriel avait expliqué, un brin irrité, que les indigènes, il en avait eu sous son commandement pendant la *Seconde* et l'*Indo*. Il n'avait que des louanges à leur faire.

— Des hommes bien.

Avait-il dit en guise de conclusion.

Papa ne s'en était pas tenu pour quitte. Il avait soutenu que, dans certaines circonstances, la Patrie passait avant tout.

L'adjudant avait vivement rétorqué que la Patrie c'était aussi les indigènes. De la lassitude se lisait dans ses yeux. Pour la première fois, l'adjudant faisait son âge.

Maman avait judicieusement détourné la conversation vers un sujet plus anodin.

Papa et l'adjudant ne s'étaient pas vraiment fâchés, mais ce dernier n'était plus jamais revenu à la maison.

Au mois de mai, nous avions appris que l'adjudant Gabriel avait été assassiné dans la rue par un homme qui avait pris la fuite.

*

— Assieds-toi.

Je viens de poireauter un quart d'heure dans le couloir sordide. Le bâtiment résonne du bruit des talons ferrés de ses occupants. Des portes claquent. Des ordres criés parviennent jusqu'à moi. Il règne une atmosphère d'urgence et de tension désagréable.

Je m'assieds. Gigote d'une fesse sur l'autre, ne trouvant pas ma place.

Zakaria est resté à l'extérieur.

— Je t'attends.

A-t-il dit alors que nous venions de faire le chemin de la piscine à la caserne dans un état anesthésiant d'abêtissement.

J'aurais voulu pleurer, mais je n'y arrivais pas. Les gens que nous croisions étaient des fantômes pour moi. Je ne les voyais pas.

J'essayais de graver dans ma mémoire l'image de mes parents. Bizarrement, celle-ci m'échappait. Elle me fuyait. Je redoutais de ne plus m'en rappeler. Ne plus avoir d'eux qu'un souvenir évanescent qui se dissoudrait au long des années à venir.

— Ça va ?

Me demandait tous les cinq pas Zakaria.

Nous remontions l'avenue Lamoricière quand je m'étais arrêté. Je m'étais tourné vers lui et avais demandé de but en blanc :

— Tu crois que mes parents sont morts ?

C'était la première fois que j'employais ce mot. Il m'était soudain si familier qu'il me semblait vivre à côté de moi depuis des lustres.

Morts ?

Un sentiment d'être à la fois une victime et une exception prenait forme dans mon esprit. J'avais honte d'en ressentir une drôle de fierté.

Y avait-il de la gloire à devenir un orphelin ? Étais-je un monstre ?

Et, si j'en étais un, étais-je responsable de la mort de papa et de maman, l'ayant sans doute inconsciemment souhaitée ?

— Qu'est-ce que tu dis ? T'es maboule ou quoi ? Va pas raconter ça à la caserne, ils vont te prendre pour un siphonné.

Avait protesté Zakaria.

— Tu t'appelles ?

Me demande le militaire, un petit homme pas plus épais qu'un stockfisch.

Il arbore une fine moustache blonde perchée sur le balcon de sa lèvre supérieure. Elle se gondole à chacun des mots qu'il prononce.

Ce militaire est aussi aimable qu'un employé des postes en grève. Il me toise. Des cernes remplissent les valises sous ses yeux.

Zakaria et moi étions parvenus devant la grande grille de la caserne. Derrière elle, quatre soldats montaient la garde.

Depuis l'Indépendance de l'Algérie, la caserne était une sorte de fort retranché de l'ancien régime. Les militaires y vivaient en reclus. Ils ne sortaient que rarement et pour des missions officielles en accord avec les nouveaux maîtres du pays.

Je m'étais approché. Zakaria, sur le trottoir d'en face, m'avait crié :

— Je t'attends.

Un soldat s'était avancé. Mon accoutrement ne semblait pas lui plaire. Je ressemblais décidément trop à un indigène pour qu'il me fasse confiance.

— Qu'est-ce que tu veux ? File !

J'avais saisi à deux mains les barreaux de peur qu'il ne me chasse *manu militari*.

J'avais bredouillé, tentant d'expliquer qui j'étais, mais les mots sortaient difficilement et pas tous dans le bon ordre.

— Quoi ?

Avait dit le soldat. Il avait tendu l'oreille tout en gardant un doigt sur la gâchette de son arme, au cas où.

J'avais pris une longue inspiration avant de cracher d'une traite les raisons pour lesquelles je me trouvais là.

Quand on avait enfin entrouvert la grille pour que j'entre, je m'étais retourné. Zakaria n'avait pas bougé de son poste d'observation. Il s'était accroupi. Une fraction de seconde, j'avais eu peur qu'il ne fasse pipi dans la rue.

De la main, il m'avait fait signe d'y aller.

*

— Je regrette.

Dit le militaire assis derrière son bureau.

Une poignée de secondes auparavant, après que je lui ai épelé mon nom, Maurice Gadjo, en précisant qu'on me connaissait sous le sobriquet de Momo, il a compulsé une liasse de papiers devant lui.

Une liste de patronymes est inscrite au recto de chacune des feuilles, tapée à la machine à écrire, dans l'ordre alphabétique. L'encre a bavé par endroits. Des pattes de mouches émaillent les documents.

Que regrette-t-il ?

J'attrape un torticolis de l'œil gauche à force de reluquer la page où il a posé un doigt. À l'envers, je lis deux noms. Plus que les lire, je les reçois en pleine poire.

— Il faut que je passe un coup de téléphone.

Dit l'homme, et il fait mine de tendre la main vers le combiné à côté de lui.

— Il y a aussi ma tante !

Je crie presque. Le soldat est surpris. Il repêche sa main. La ramène vers lui. Les gestes qu'il effectue sous mes yeux, je les vois comme au ralenti.

Le temps tout autour de moi semble englué dans de la pâte à beignets.

Rosine préparait les meilleurs beignets de fleurs de courgette du monde. Nous les mangions brûlants, saupoudrés de sucre glace ou bien de sel selon nos envies du moment.

Après avoir englouti une dizaine de ces beignets, dont la moitié sans les mâcher, je me levais de table, la bouche grasse et l'estomac au bord des lèvres. J'allais prendre l'air, histoire de me requinquer.

— C'est ça, Momo, va te bouger un peu sinon tu vas éclater.

Disait Rosine. Elle s'en cuisinait encore un ou deux, friande qu'elle était de ces beignets-là.

— Elle s'appelle comment ?

Demande le militaire. C'est une simple routine pour lui. Une corvée qu'il accomplit par devoir.

Je lui dis le nom de ma tante. Il repart au début de sa liste. Fait glisser son doigt de haut en bas. Tourne une page, une autre et encore une autre. Recommence.

— Non. Je ne vois pas. Tu as essayé d'aller chez elle ?

Je réponds qu'elle n'y est pas. Je lui parle des fleurs fanées sur le balcon. De ce que m'a raconté madame Estinguy. Je lui explique pour mon frère, que je dois retrouver demain matin sur le marché. Il écoute. Je ne sais pas s'il comprend. Il semble si las.

— Bon. Bon. Il y a une chance tout de même…

C'est dit sans aménité. Il tend à nouveau la main vers le combiné. Le décroche. Compose un numéro. Attends.

J'en profite pour étudier plus en détail la pièce. Le bureau en métal gris occupe la moitié de sa surface. Au mur, des feuillets ont été punaisés. Dans le fond une fenêtre, les rayons du soleil déclinant y pénètrent de biais.

— Allô ?

Je n'écoute plus, la tête ailleurs.

Je me souviens que papa, quand j'avais cinq ou six ans, un soir dans ma chambre m'avait expliqué que la lune était le miroir de la terre. Et que, si je regardais attentivement sa surface ocellée de nacre, j'y verrais mon reflet et aussi celui de tous les habitants de la nôtre planète.

Cette nuit-là, dans un cauchemar, j'avais cherché en vain celui de mes parents.

— ... madame Exabrupto ?...

Demande le militaire. Ce nom éveille mon intérêt.

*

— Tu sais que tu es un petit chanceux, toi.
Tu réapparais la vieille du départ. Si ça, c'est
pas de la chance !

Madame Joséphine Exabrupto me tient par
la main. Nous sortons de la caserne. Nous
tournons à droite. Remontons la rue.

— Le bateau part demain à onze heures du
matin. En attendant, on va rejoindre des petits
copains. Tu verras, vous êtes une bonne
dizaine. Ce soir, on fera un grand repas autour
d'un feu dans la cour du presbytère. Monsieur
le curé sera là. Ça sera formidable !

Madame Exabrupto met trop d'entrain pour
être honnête. Sa joie contrefaite me reste en
travers de la gorge. Le timbre de sa voix
résonne d'une inquiétude qu'elle ne maîtrise
pas.

Elle a beaucoup changé depuis l'époque où
elle nous donnait des leçons de catéchisme.
Elle se tient voûtée. Elle évite les regards. Elle
se voudrait la plus discrète possible.

Son accoutrement, si impeccable autrefois,
témoigne d'un laisser aller inhabituel. Sa jupe
d'été est froissée. Son chemisier blanc est
douteux, le col avachi, les manchettes salies.

Et puis, madame Exabrupto marche trop vite. Elle me tire sur le bras sans ménagement.

— Dépêche-toi voyons. On n'est pas en sécurité dans les rues. Ils sont tous devenus dingues. Allez, viens !

Pourtant, les indigènes que nous croisons ne nous prêtent aucune attention. Notre petit convoi les laisse indifférents.

Malgré tous les efforts de madame Exabrupto pour nous faire remarquer — on dirait une folle furieuse en fuite, suivie par un gnome récalcitrant —, nous passons inaperçus.

Ne sommes-nous plus que des ombres ? Comptons-nous maintenant si peu que les indigènes nous ignorent ?

— Tu as vu celui-ci. Non ! Ne te retourne pas ! Il nous suit depuis un moment. Je me demande ce qu'il nous veut ?

Joséphine accélère encore le pas. Piquée par une guêpe invisible, elle détale.

Ses doigts se sont crispés sur ma main. Elle me fait mal. Nos deux moiteurs se conjuguent. Elle va finir par m'arracher l'épaule si elle continue.

Depuis notre départ de la caserne, Zakaria nous a pris en filature. C'est de lui dont madame Exabrupto s'inquiète.

Il trottine sur le trottoir d'en face, sans se laisser distancer. Il me lance des regards appuyés auxquels je réponds par de vagues hochements de la tête.

Nous tournons au coin d'un bazar indigène. Le patron est assis sur un tabouret. Il fume. Ses lèvres enserrent la pipe du narguilé. Ses dents blanches et luisantes de salive mordent l'embout en bois.

Papa n'aimait pas les objets de ce qu'il appelait « le folklore local ».

Quand maman avait acheté un narguilé qu'elle trouvait décoratif avec ses peintures tarabiscotées sur le verre dépoli, il avait piqué une colère de derrière les fagots.

— Mais voyons, ce n'est qu'un objet de décoration. Je ne vois pas pourquoi tu t'énerves ainsi.

Avait plaidé maman.

— Il n'est pas question que nous troquions notre culture contre leur verroterie de pacotille ! Tu me jettes ça !

Avait insisté papa, et il avait joint le geste à la parole. Le narguilé avait terminé par terre dans un fracas de verre brisé.

Les événements rendaient papa intraitable sur les valeurs qu'il défendait. Même le tapis berbère du salon avait disparu pour laisser la place au rectangle plus foncé du parquet nu.

— Viens ! Nous ne sommes plus très loin.

Madame Exabrupto sprinte. Les pans de sa robe se soulèvent. Ses genoux cagneux tricotent la pelote de laine de sa hâte. Les algues de ses cheveux défaits flottent dans le courant d'air. La locomotive de ses poumons siffle. Elle a peur. C'est une peur irraisonnée, maladive.

Mais personne ne nous veut de mal. Nous n'existons tout simplement plus.

— Je ne veux pas !

C'est sorti d'une traite sans passer par la case cerveau, un cri brut de réflexion.

Non, je ne veux pas la suivre. Je ne veux pas partir en bateau demain. Je veux retrouver ma tante. Je veux revoir mes parents. Non, je ne me résous pas.

— Tu… ne veux… pas… quoi ?

Demande madame Exabrupto. Elle sue. Son souffle court hache sa respiration.

Je tire violemment sur mon bras pour me dégager de son emprise. Madame Exabrupto est déséquilibrée mais ne lâche pas ma main. Elle s'y accroche. Y enfonce ses ongles. S'y soude.

Zakaria choisit ce moment pour intervenir. Je ne l'ai pas vu s'approcher de nous. Il court, nous percute et coupe le lien qui me reliait à Joséphine.

Madame Exabrupto fait un demi-tour sur elle-même. Pousse un cri de stupéfaction. Se rattrape à la façade d'un immeuble.

Hébétée, elle n'a pas idée de se lancer à notre poursuite.

Zakaria et moi décampons tels des lapins de garenne sous le feu des chasseurs. Nous zigzaguons comme si nous cherchions à éviter un tir de balles.

Nous virons sur la droite. Puis sur la gauche. Nous courons à perdre haleine. Nous descendons une rue en pente. Voici le port. La mer. Mes genoux me font mal, mais je n'arrête pas de cavaler. Zakaria me précède. Les coudes collés au corps, il mouline des gambettes. Je perçois sa respiration entrecoupée de quintes d'une toux sèche et râpeuse. Nous arrivons au port. Le quai. À droite, vers la plage des pêcheurs. Nous sautons plus que nous descendons la petite échelle. Le sable. Les bateaux retournés. Le ventre en l'air, ils attendent l'aube prochaine pour une nouvelle campagne de pêche.

Enfin, nous nous écroulons.

J'avale une goulée d'air. Je tremble. Zakaria, effondré à côté de moi, est dans le même état.

Nous mettons dix bonnes minutes à nous remettre de nos émotions. Nous suons des litres. Par chance, le soleil a perdu de sa virulence. La fin d'après-midi est largement entamée. Ses rayons obliques ricochent sur l'eau.

Quand Zakaria et moi nous regardons enfin, un grand rire nerveux et libérateur nous assaille. Nous tombons dans les bras l'un de l'autre.

Zakaria débite un chapelet de jurons. J'en rajoute un ou deux de ma confection.

Depuis plusieurs heures, c'est la première fois que je me sens totalement heureux.

*

Zakaria visse dans le sable le reste de bougie qu'il avait gardée sur lui. Il allume la mèche.

Nous sommes sous le bateau de son cousin, à l'abri. La nuit est tombée. À l'extérieur, seule une pâle lune étire les ombres des pointus.

— Nous serons en sécurité ici.

Avait dit Zakaria après notre fuite effrénée. Il avait soulevé, non sans difficultés, la coque retournée. Nous nous étions glissés dessous.

Nous avions attendu que le soleil disparaisse avant de nous croire enfin à l'abri des poursuites.

La voûte en bois du bateau ne laisse pas filtrer le plus petit rayon de lune. La bougie éclaire faiblement. L'air confiné devient rapidement irrespirable à cause du noir de fumée qui a tôt fait d'envahir l'habitacle.

Zakaria hisse un côté du bateau afin que l'air pénètre. Ainsi, nous ne risquons pas d'être asphyxiés.

De longues minutes se sont écoulées. Nous sommes restés muets.

— On fait quoi ?

Je romps le silence. Un crabe minuscule passe entre mes jambes. Il file en tirant des bords, puis il s'enfouit et disparaît dans le sable.

— T'as pas faim ?

Zakaria me répond par une question. C'est une habitude chez les indigènes de répondre aux questions par des questions.

David me disait que son père pensait que c'était une forme de sagesse.

— Le sage ne répond pas, il questionne.

Disait-il en reprenant à son compte les mots de son père.

Maman trouvait cette coutume amusante. Papa, lui, la détestait. Il aimait les choses nettes et précises.

— Une place pour chaque chose et chaque chose à sa place.

Débitait-il en guise d'axiome.

Papa aimait l'ordre : interdiction de mettre les pieds sur les fauteuils. Interdiction de s'allonger sur le canapé. Interdiction de manger dans le salon. Interdiction d'allumer le poste de radio. Interdiction de faire couler l'eau trop longtemps. Interdiction de laisser la fenêtre de la chambre ouverte la nuit. Interdiction de crier du haut du balcon.

Interdiction de laisser traîner des jouets dans le couloir. Interdiction — interdictions.

Si je devais choisir un mot qui définirait le mieux mon père, ce serait celui-là : *interdiction.*

Ce soir, les fesses trempées par le sable humide, les interdictions de mon père me manquent. Je me plierais volontiers à toutes si seulement papa était avec moi.

— Alors, t'as faim ?

Répète Zakaria. Je fais oui de la tête.

— Bouge pas. Et surtout, tu penses à faire rentrer un peu air de temps en temps, hein ? Je reviens...

Zakaria se faufile à l'extérieur. Je l'imagine grimper à l'échelle. Je regarde la flamme de la bougie vaciller. Dans peu de temps elle se sera entièrement consumée.

Je m'allonge. J'étends les jambes devant moi. Je les masse. Il faut que j'occupe mes mains pour ne pas réfléchir. Je ne veux penser à rien.

Je replie, déplie, mes bras une dizaine de fois. Me voilà à faire de la gymnastique !

À l'école, je haïssais la gymnastique. Je suis aussi souple qu'une planche, aussi doué qu'un manche à balai, pour faire la roulade.

Quand il fallait s'élancer sur le tapis et, après trois enjambées grotesques, faire une roulade pour se retrouver debout les bras écartés avant de saluer, je me rétamais le menton par terre. Je m'écrasais avec la grâce d'un pachyderme dans une marre de boue. Je terminais sur le ventre, les bras en croix, sonné, sous les rires de mes copains de classe.

Je devais recommencer. Je repartais. Trois enjambées. Ploc. Ploc. Ploc. Tel un cheval au refus, je stoppais net avant d'entamer le mouvement. Je restais comme en suspension dans les airs, la brûlure du précédent échec encore fumante sur mon menton râpé.

— Et alors, tu veux mourir étouffé ou quoi ?

Zakaria est revenu. J'ai oublié d'aérer. Il s'en charge.

— Regarde.

Dit-il. Il dépose sur le sable des grenades mûres, des dattes, un petit sac de pois chiches en sauce et surtout, quatre gros gâteaux à l'amande amère.

— Au moins, on ne mourra pas de faim !

S'exclame-t-il en ouvrant une grenade entre ses doigts.

Le jus coule sur ses mains. L'arôme de la grenade, si proche de celui de la rose, parfume l'air. Zakaria mord à pleines dents dans le fruit. Il recrache les pépins sur le côté.

— Allez, vas-y. C'est gratuit…

Dit-il. Il a dû les chaparder quelque part. Il me tend la moitié du fruit. À mon tour, je croque dedans.

Nous mangeons en silence. Pour terminer, nous partageons les gâteaux.

La bougie s'éteint. Je mâche ma dernière bouchée. Zakaria rote. Je l'imite. Nous rions.

— Je crois qu'on va dormir.

Propose Zakaria.

Une dernière fois, il ventile l'air. J'entrevois par l'ouverture les lumières du port et celles de la ville un peu plus haut.

Nous nous allongeons côte à côte.

— Bonne nuit.

Dit-il et, sans penser au lendemain, nous nous efforçons de trouver le sommeil.

Après quelques minutes d'une rêverie sans objet, l'image brutale de papa et de maman, debout devant notre cabanon des dimanches ensoleillés, explose dans ma tête. Elle se fixe sur l'écran de mes paupières closes.

Doucement, le plus discrètement possible, je sanglote. Je ne veux pas réveiller Zakaria. Je ne veux pas exhiber ce soudain accès de faiblesse.

Les larmes gouttent sur le sable qui les absorbent. Je renifle. Je n'ose pas me moucher dans mes doigts comme j'ai vu Zakaria le faire si souvent. Je respire par la bouche.

Imperceptiblement d'abord, puis plus distinctement, j'entends le son de la voix de mon ami. J'ai l'impression qu'il chantonne. Je tends l'oreille. Je n'ose pas me retourner vers lui au risque de lui offrir la vue déprimante de mon visage ruisselant.

Zakaria, à la manière d'Imran, psalmodie les mêmes sourates que son grand-père pour adoucir mon chagrin.

Au fur et à mesure sa voix enfle, rebondie contre les parois du bateau qui devient une chapelle ardente.

Je m'endors.

*

Je n'ai pas voulu de poisson pour le petit-déjeuner. De toute façon, je n'ai pas faim. Il est tôt. La ville est encore sommeillante. Seuls quelques indigènes chiffonnés vaquent à leurs occupations.

Zakaria, lui, a englouti une friture d'éperlans que son cousin le pêcheur a fait frire sur une pierre chauffée à blanc.

Ce dernier nous a découverts à l'aube. Il ne s'attendait pas à nous voir sous son pointu et nous ne nous attendions pas à être réveillés en fanfare.

J'avais du sable plein les oreilles, le nez et la bouche. Je ne sais pas comment je m'y suis pris, mais j'ai dormi sur le ventre, la tête à moitié enterrée dans le sable.

Sur mes jambes, une famille crabe avait pris ses quartiers nocturnes. En bougeant, j'ai sonné la débandade. Les crabes se sont égaillés dans tous les sens, laissant dans le sable derrière eux les traces de leur fuite.

Mon estomac creux joue de la trompette. Nous nous dirigeons vers la place du marché où nous devons rejoindre Imran et mon frère.

Zakaria vient se porter à ma hauteur. Ses habits sentent la friture. C'est écœurant.

— Je ne sais pas s'ils seront déjà là.

Dit-il. Une écaille est collée à la commissure de ses lèvres.

Ce matin, nous n'avons pas évoqué les événements récents. Par prudence, nous n'empruntons pas les grandes rues. Nous ne sommes pas certains qu'on ne nous recherche pas encore.

Au détour d'une ruelle, nous arrivons sur la place. Les premiers commerçants s'affairent à organiser leurs étals.

— Asseyons-nous.

Dit Zakaria. Il joint le geste à la parole.

Les genoux repliés dans mes bras qui les enserrent, je regarde avec indifférence l'agitation qui s'est emparée du lieu.

— On va faire quoi quand Alain sera là ?

Je demande à Zakaria. Mon estomac gargouille.

Que faire ? Je ne me vois pas courir les rues, mon frère pour baluchon, à la poursuite hypothétique de mes parents et de ma tante Rosine.

Mais y a-t-il une autre solution ?

Zakaria ne répond pas. Il se contente d'un soupir.

*

Le mulet d'Imran a donné le *la*. Son *hi han* caverneux m'a débusqué de l'apathie dans laquelle j'avais sombré.

Imran a rangé sa charrette à l'endroit habituel. Il en est descendu en se tenant à un des rayons en bois de la roue. Il a immédiatement détaché la bête. La charrette a basculé vers l'arrière, les ridelles pointant vers le ciel.

Le mulet a fait deux pas en avant, puis il s'est immobilisé. Imran a posé entre ses antérieurs une botte de foin. Le mulet en a arraché une petite quantité. Il l'a mâchée minutieusement. Sous ses lèvres retroussées sont apparues ses incisives jaunies.

Imran ne nous a pas vus.

J'allais pour me lever quand Zakaria m'en a empêché. Il a posé sa main sur mon avant-bras.

— Attends.

A-t-il dit. « Il a vu trop de film d'espionnage », ai-je pensé, mais je lui ai obéi. Davantage parce que je n'étais pas dans mon assiette que parce qu'il m'en imposait.

Imran a commencé à décharger la carriole. D'abord la vieille table, ensuite une natte qu'il a étendue dessus, puis les premiers légumes.

Il ne se pressait pas. Ses gestes ne trahissaient aucune lassitude. Ils étaient précis, évitant ainsi une dépense d'énergie inutile.

— Regarde. Il est là !

Me dit Zakaria. Il désigne Alain.

Mon frère est habillé à l'indigène. Non, c'est plutôt un chiffon sale qui le ceint, l'emmaillote des cuisses jusqu'au cou.

Imran vient de le déposer sur une couverture sous la table.

Alain se lève aussitôt, chancelle et retombe sur ses genoux. Il crapahute un mètre avant qu'Imran le remette sur la couverture. Il lui fourre dans la bouche une sucrerie. Alain se concentre à baver sans plus bouger d'un iota.

— On y va.

Je dis à Zakaria. Il me lâche le bras. Nous nous levons d'un même mouvement.

— Imran !

Crie Zakaria. Il agite les bras au-dessus de sa tête. Je l'imite.

C'est alors que tout bascule.

*

Est-ce le quai qui s'éloigne ou le bateau qui prend la mer ?

Madame Exabrupto ne me quitte pas des yeux. Elle ne sera pleinement rassurée que lorsque nous atteindrons le large.

Autour de moi, pareillement penchés à la rambarde, une dizaine d'enfants regarde la ville qui s'éloigne. Dans le lointain, les sourcils verts des collines délimitent l'horizon.

La gigantesque hélice du bateau mouline l'eau. De l'écume blanche rejaillit de part et d'autre de l'étrave. Le ciel est de plomb. Pas un nuage. Le soleil nous calcine.

— J'espère que maintenant tu ne nous feras plus un de tes coups pendables…

Se plaint madame Exabrupto. Des marques bleues ont fleuri sur ses jambes. Le résultat des coups que je lui ai donnés deux heures plus tôt.

Zakaria s'était précipité vers Imran. Je le suivais de près. Alain m'avait vu. Il s'était levé et méchamment cogné à un pied de la table. Il avait tout de suite hurlé.

Il frappait dans ses mains, éparpillant les restes du gâteau dont sa bouche était barbouillée et glapissait de plus belle.

Ses hurlements avaient éveillé tout le quartier, créant un climat d'alerte à la bombe peu propice à la discrétion.

Imran s'était penché pour voir ce qu'il en était. Zakaria et moi arrivions à leur hauteur lorsque nous avions été projetés au sol.

Une odeur de poussière et de cuir flottait au-dessus de moi. Plus grave encore, un militaire français pesait de tout son poids sur moi. Il m'immobilisait.

Itou pour Zakaria qui avait exprimé un « Oh ! » de stupéfaction en même temps qu'il expirait peut-être son dernier souffle.

Aveuglé par le militaire qui me recouvrait, et bien qu'aux premières loges, je n'avais pu qu'entendre la suite.

Une échauffourée avait eu lieu, dont le porte-parole stéréophonique avait été Alain.

Mon frère testait diverses fréquences d'aigus et de graves quand j'avais ouï la voix essoufflée de madame Exabrupto.

— C'est pas… trop… tôt.

Avait-elle dit. Les pointes de ses chaussures au ras de mon nez étaient maculées.

— Ne le lâchez surtout pas !

Avait-elle ajouté. Mais il n'y avait aucun risque, le militaire qui m'écrasait avait l'air de s'être endormi.

C'est toujours dans ces positions délicates qu'une partie du corps réagit mal. Cette fois, c'était mon nez qui s'était mis à me chatouiller. J'en trémoussais de la pointe. Soufflait par les narines. En vain. Je passais les dix minutes suivantes à endurer cette torture.

Soudain, Zakaria avait disparu, soulevé du sol par une main inconnue.

Mon frère s'était calmé. Le mulet avait émis un cri de protestation. Imran n'avait pas dit un mot et son silence était inquiétant.

— Emmenez-les.

Avait commandé quelqu'un au-dessus de moi.

La pression s'était enfin relâchée et j'avais pu me relever.

Sans attendre, j'avais frotté énergiquement mon nez sur la jupe de madame Exabrupto qui était restée sur ses positions près de moi.

La démangeaison calmée, je l'avais prise pour punching-ball, la frappant avec mes poings puis mes pieds à coups redoublés.

— Non mais ! Ça va pas !

Avait-elle crié.

*

La terre ferme n'est plus qu'un point que dissimule une brume de chaleur. En sortant de la rade, la sirène du bateau a retenti.

Madame Exabrupto nous conduit sur le pont principal. Elle nous fait asseoir en cercle.

Quelques instants plus tôt, elle m'a dit de ne pas m'inquiéter pour mon frère. Alain a été pris en charge par des représentants de la Croix-Rouge.

— Ils s'occupent bien de lui. Tu le reverras à l'arrivée...

Nous entamons une partie de furet à laquelle je participe sans grand intérêt. On nous a forcés à mettre un chapeau sur la tête pour nous protéger du soleil.

Une fillette court en rond autour de nous. Les autres chantent. « *Il court il court, le furet, le furet au...* »

Nous avions passé une heure, mon frère et moi, à la caserne, cloîtrés dans une pièce en compagnie de madame Exabrupto.

Ensuite, elle nous avait escortés jusqu'au port sous la surveillance de deux soldats. Nous avions embarqué. Alain avait été pris en charge par une dame et séparé de moi.

En grimpant la passerelle protégée du soleil par une marquise, j'étais monté à bord en suivant les enfants que j'avais rejoints. Madame Exabrupto fermait la marche.

En haut, monsieur le curé nous attendait. Il avait secoué la tête en me voyant.

— Je vous...

Avais-je dit sans achever ma phrase. Le ton que j'avais employé était suffisamment significatif pour exprimer mes idées du moment.

Le curé s'était signé. Les manches de sa soutane avaient balayé mon front et madame Exabrupto m'avait poussé dans le dos.

— N'aggrave pas ton cas.

Avait-elle sifflé.

La partie de furet est terminée. Nous avons le droit de nous promener sur le pont. Notre chaperon veille.

À part me jeter par-dessus bord et nager jusqu'au rivage, je ne vois pas comment je pourrais m'enfuir.

Une mouette vole au-dessus de nos têtes. Je l'observe. Elle passe devant la boule jaune du soleil. Je suis aveuglé.

Durant l'attente à la caserne, j'avais demandé des nouvelles de Zakaria et d'Imran. Madame Exabrupto s'était contentée de hausser les épaules.

J'avais insisté, criant presque. Un militaire était venu m'avertir que si je ne me taisais pas on me mettrait en prison.

En arrivant au port, j'avais cherché du regard Zakaria du côté du quai des pêcheurs. Mais il n'y était pas.

Quand les amarres du bateau avaient été larguées, j'avais scruté en vain l'embarcadère. Zakaria n'était nulle part.

Le bateau s'éloignait et je n'avais pas pu dire au-revoir à mon dernier ami. La toile de mon existence se déchirait et je n'y pouvais rien.

Qu'allais-je devenir ?

La tristesse, le chagrin et aussi la haine me tordaient les boyaux. Les larmes coulaient sur mes joues — incandescentes.

Comment est-il possible que tout se finisse ainsi ?

*

Je frotte mes yeux.

Ma vue revient peu à peu. La tache blanche disparaît. Le soleil qui avait élu domicile sur ma rétine cède peu à peu du terrain.

Et là, à quelques mètres de moi, allongée sur un transat, une couverture remontée jusqu'à mi-corps malgré la chaleur, je vois ma tante. Est-ce un mirage ?

— Tu connais cette dame ?

Me demande un inconnu. Il est vêtu d'un costume clair. Il sue. Il a l'air perdu. Derrière lui, une femme et trois enfants nous regardent.

— Nous l'avons recueillie il y a trois jours…

Dit-il en m'invitant d'un geste à rejoindre ma tante.

Je m'approche. Je prends la main de Rosine. Son regard est vide d'expression.

— Rosine. C'est moi. Momo.

Je parle à voix basse. Sa main est molle dans la mienne.

— Elle n'a pas décroché un mot depuis que nous l'avons prise avec nous. Nous ne pouvions pas la laisser là-bas. Tu comprends ? On a dû lui payer un billet.

Explique l'homme. La femme est venue près de lui. Les enfants n'ont pas bougé. Je sens leur présence dans mon dos.

— Qui va nous rembourser ?

Demande la femme.

*

Nous arrivons bientôt.

Madame Exabrupto a dit qu'il fallait qu'on se tienne prêt.

Tante Rosine est restée pendant toute la traversée sur son transat.

Je lui tiens compagnie. Personne ne m'en empêche. C'est ma tante.

Je n'ai pas peur d'elle, de son mutisme. Je lui raconte mon histoire. Elle regarde droit devant elle. En silence. De temps en temps, une larme coule sur sa joue. Le vent marin la sèche rapidement.

Quelqu'un, une femme de la Croix-Rouge je crois, m'avertit qu'à quai on va la prendre en charge. Je ne dois pas me faire de soucis pour elle.

Elle dit aussi que tante Rosine est choquée. Il faut s'en occuper. Des médecins, à terre, seront là pour l'accueillir. Elle se remettra vite. Elle promet.

— J'irai avec elle.

Dis-je. La femme sourit. Mais je vois bien que son sourire est forcé.

Madame Exabrupto nous rejoints.

— Tu vas découvrir un nouveau monde. Tu te feras plein de copains. Ne t'inquiète pas.

Me rassure-t-elle en passant un bras autour de mes épaules.

Soudain, à l'horizon, se dessine le profil d'une côte. Une imperceptible ligne se détache entre le ciel et la mer.

— Regardez ! Là-bas ! Vous voyez la terre ?

S'écrie la femme de la Croix-Rouge.

La main en visière sur mon front, je scrute l'étendue qui m'en sépare encore.

— L'étranger…

Marmonne tante Rosine.

Nous faisons semblant de ne pas l'avoir entendue.

En mémoire de mes parents, rapatriés d'Algérie.

"J'ai aimé avec passion cette terre où je suis né, j'y ai puisé tout ce que je suis, et je n'ai jamais séparé dans mon amitié aucun des hommes qui y vivent..."

Albert Camus

Loi n° 49-956 du 16 juillet 1949 sur les publications
destinées à la jeunesse du 17 mai 2011.

L'édition originale de cet ouvrage
a paru chez Thierry Magnier éditeur en 2008
sous le titre : *La guerre au bout du couloir*
ISBN 9782844206961

© 2025 Christophe Léon
Édition : BoD · Books on Demand, 31 avenue Saint-Rémy,
57600 Forbach, bod@bod.fr
Impression : Libri Plureos GmbH, Friedensallee 273,
22763 Hamburg (Allemagne)
ISBN : 978-2-3224-7746-3
Dépôt légal : Février 2025
Crédit illustration : Freepik / Modèle de base Midjourney 6